엔도 슈사쿠의 동물기

엔도 슈사쿠의
동물기

엔도 슈사쿠 지음
안은미 옮김

차례

Ⅰ 개는 인생의 짝꿍

Ⅱ 고양이는 흥미로워

III 원숭이는 연인

IV 내 전생은 너구리

V 내 대신 죽은 구관조

VI 외로운 새들

Ⅰ 개는 인생의 짝꿍

오직 한 명의 말벗

「나의 이력서」*를 쓰면서 깨달은 점 하나가 있다. 내 인생에서 빼놓고 이야기할 수 없는 존재가 있다는 것, 바로 '동물'이다. 이제껏 기른 개나 고양이, 새들 말이다. 소년 시절, 누구나 그렇겠지만 개는 친구였고 때론 친구 이상으로 특별한 짝꿍이었다. 만주(현재 중국 동북부) 다롄에 살던 무렵 우리 집에는 '검둥이'란 만주견이 있

---

* 『니혼게이자이신문』 조간 문화면에 1956년부터 연재되는 자전 형식의 칼럼. 원래 일주일에 한 명의 형식이었지만 평이 좋아 1987년부터 한 달에 한 명으로 바뀌어 현재까지 이르고 있다. 엔도 슈사쿠는 1989년 6월에 연재됐으며 그해 12월 『낙제생의 이력서』라는 제목으로 단행본이 출간됐다.

었다. 만주견이라 그런지 털은 새까맣고 혀는 보랏빛이
었다. 당시 나는 학교가 끝나면 집까지 형처럼 후딱후
딱 걸어가지 않았다. 가방 안 도시락통을 흔들어 소리
를 내며 걷다가 길가에 멈춰 분필로 낙서를 하거나 거
리 광대들이 뭔가를 켜는 소리를 듣거나 거미집에 걸
린 벌레를 멍하니 구경하는 등 시간을 들여 집으로 돌
아가기 일쑤였다. 집에 가기 싫었던 이유는 공부를 시
켰기 때문이다. 귀가하는 즉시 양친으로부터 복습과
예습을 하라는 소리를 늘 들었기에 나는 되도록 귀가
시간을 늦추기 위해 애썼다. 그럴 때, 검둥이는 어디선
가 불쑥 나타나곤 했다. 그는 집 근처에서 놀다가 나를
발견하면 내가 있는 쪽으로 다가왔다. 지금과 달리 그
시절에는 어느 집이든 개를 풀어놓고 길렀다.

아이에게도 부모한테 말할 수 없는 감정이 있다.
공부도 못하고 느릿느릿한 아이에게는 말론 표현할 수
없는 고민이나 슬픔이 있다. 나는 자주 검둥이에게 말
을 걸었다. "아직 집에 돌아가기 싫어", "학교는 재미없
어" 같은. 검둥이는 그런 나를 잠자코 바라봤다. 눈물
이 맺힌 듯한 눈을 하고서. "어쩔 수 없잖아요? 이 세
상은 참지 않으면 안 되니까요." 그렇게 달래는 것처

럼 느껴졌다. 정말이지 개는 소년들의 은밀한 단 한 명의 말벗이다. 중학생이 돼서도 어른이 돼서도 나는 힘든 일이 생길 때마다 개에게만은 솔직한 마음을 털어놓았다. "아, 또 시험이야. 어떻게 안 되나?" 그러면 개는 나를 지그시 보며 "알고말고요. 하지만 어찌할 도리가 없네요"라는 듯 힘없이 꼬리를 흔들었다. 맥없이 흔들리는 꼬리가 마치 "뭐, 산다는 게 그런 거죠"라고 말하는 것 같았다.

중학교를 다닐 때다. 비 오는 날, 숲속에서 누군가가 목을 매달았다. 경찰이 오기까지 수십 명의 사람이 소란을 피우는 와중에도 숲 입구에 그가 기르던 개 한 마리가 꼼짝 않고 앉아 있었다. 등교하는 길에 지나가다 본, 앞다리에 머리를 올리고 주인이 죽은 숲을 바라보던 그 개의 눈을 지금도 잊지 못한다. 개란 그런 동물이다. 스스로의 의지로 세례를 받은 건 아니지만, 나는 그 숲에 있던 개의 눈이 인간을 보는 예수의 눈과 겹쳐 보인다. 작은 새도 마찬가지다. 십자매를 기르기도 했는데 한 마리가 병에 걸려 내 손 안에서 숨을 거둔 적이 있다. 얇은 흰 막이 그의 눈을 덮기 시작하는 순간 십자가에서 숨을 거둔 예수의 눈이 떠올랐다. 개

12

나 작은 새는 그저 개나 작은 새가 아니다. 우리를 감싸고 또 우리를 멀리서 지켜주는 존재의 작은 투영이다. 나는 점차 그렇게 생각하게 됐다.

검둥이와의 이별

도쿄에 눈이 부슬부슬 내리던 밤, 밖에서 식사를 마친 나는 하나부사야마의 작업실에 돌아와 난방을 켠 뒤 왠지 모르게 신약성서를 펼쳐 들었다. 우연히 넘긴 책장은 반로마 운동의 선동자로 몰려 포박된 예수가 대제사장 카야파의 관저에서 재판받는 밤의 이야기였다. 체포당한 스승을 비겁하게 버려두고 제자 모두가 도망치지만, 오직 한 명 베드로만이 자책감을 견디지 못하고 카야파의 저택에 몰래 숨어든다. 그러다 그를 보고 수상히 여긴 하녀의 질문에 "예수를 알지 못하오"라며 관계를 부인한다. 그때 재판을 끝낸 예수가 묶인 채 저택 밖에서 자신을 버린 제자 베드로를 뒤돌아본다. 이 장면은 성서 가운데서도 좋아하는 대목이다. 그 직후 베드로는 자신의 약함에 오열하는데, 난 그 심정이 너무나도 잘 이해된다. 동시에 자기를 버린 베드로를 향한 예수의 슬픔과 괴로움이 행간에서 전해져온다. 밖에는 여전히 푸슬푸슬한 눈이 흩날린다. 눈이 내리면 평소에도 조용한 작업실의 밤이 한층 더 고요해진다.

정적이 흐르는 가운데 문득 소년 시절에 겪은 이별을 떠올렸다. 내가 다롄에서 소학교 삼학년을 다니던 때의 일이다. 그즈음 양친의 사이가 차츰 나빠져 이제 껏 즐거웠던 가정이 저물녘 갑작스레 해가 기운 것처럼 어두웠다. 소년이던 그때는 이유를 전혀 알지 못했다. 다만 그저 당혹스러워 숨죽인 채 하루하루를 보냈다. 아버지가 상냥하게 대해주면 어머니를 배신하는 듯한 기분이 들었고, 어머니에게 응석을 부리면 아버지를 거스르는 것 같아 신경이 쓰였다. 그렇다고 친구들이나 선생님에게 마음의 고통을 상담할 수는 없었다. 말한들 또래 아이들이 이해할 리 만무했다. 학교를 가고 오는 길, 항상 내 곁을 어슬렁어슬렁 따라다니던 검둥이. 어두컴컴한 집에 들어가기 싫어 내가 언제까지나 담에

낙서를 하거나 거미집을 엿보고 있으면 그도 멈춰 서서 하품을 하거나 다리로 귀를 긁으며 기다렸다. "집에 가고 싶지 않아!" 검둥이한테만은 나의 슬픔을 털어놨다. "어째서 이렇게 된 걸까?" 그는 눈물 어린 눈으로 지긋이 바라보며 대답했다. "어쩔 수 없어요. 인생이란 그런 거니까요." 독자 여러분은 웃을지도 모르지만 검둥이는 확실히 그렇게 말했다. 달리 말동무가 없는 어린아이에게 있어 그 개만이 슬픔을 숨김없이 이야기하는 상대이자 위로해주는 친구였다.

다롄의 겨울이 끝나고 아카시아 꽃이 피는 봄이 왔을 무렵 양친의 별거가 정해졌고, 어머니는 나와 형을 데리고 일본으로 돌아가기로 했다. 이별하는 날, 다롄 부두로 가기 위해 우리는 마차에 올랐다. 검둥이는 뒤를 돌아보는 나를 끝없이 뒤쫓았다. 왜 내가 자신을 버려두고 떠나는지 도무지 이해가 안 가는 모양이었다. 그는 마차가 길을 돌아 달려가도 끈질기게 뒤따라오더니 이윽고 체념하며 멈춰 섰다. 그 순간 검둥이의 가련하고 쓸쓸한 눈을 나이가 든 지금도 잊을 수가 없다. '오직 한 명의 친구'였던 나에게 버림을 받으리라고 그는 생각조차 못 했으리라. 신약성서를 읽고 자신을 버린 베드로를 '뒤돌아 바라보는' 예수를 상상하면서 왜 그런지 검둥이의 쓸쓸한 눈이 떠올랐다. 그와의 이별은 소년 시절에 내가 맛본 최초의 이별이었고, 늙은 지금에는 인생의 소중하디소중한 추억이 됐다.

개를 기르지 못하는 불행

도쿄 교외에 마당이 있는 집에서 살 때는 개 두 마리를 길렀다. 두 마리 모두 열두, 열네 해 남짓 살다가 마지막에 필라리아* 때문에 죽었다. 인간으로 따지면 칠순 가까이 살다 떠난 셈이다. 나는 마당에 그들의 사체를 묻고 그 위에 지장보살을 올려놓았다. 요전에 때마침 누군가 보내준 개 관련 책을 펼쳤다가 "개는 인간의 말을 어디까지 알아들을까", "개는 인간을 개라고

---

*기생충의 일종. 개의 심장이나 폐에 기생하며 빈혈, 부종 등의 증상을 일으키고 심하면 죽음에까지 이른다.

생각한다" 같은 개의 감정과 심리를 자세히 적은 부분을 읽었다. 저자는 동물학자는 아니고 애견가로 어느 장이든 개에 대한 애정이 배어나서 읽고 있으면 기분이 좋았다. 다 읽은 뒤에는 몹시 개를 기르고 싶어졌지만, 지금 사는 집엔 마당이 없는 탓에 기를 수가 없다. 내가 어렸을 적에는 어디에서든 개를 풀어놓고 길렀다. 온화하고 선량했던 검둥이도 다롄에서 그렇게 지냈다.

자신의 인생 추억 가운데 유년 시절이나 소년 소녀 시절 집에서 기르는 개와 놀던 그리운 기억을 소유한 사람이 많으리라. 그리고 그 기억은 행복한 심상과 이어지거나 슬픈 추억과 포개져 있으리라. 나만 해도 검둥이는 좋은 놀이 동무였고 때론 단 한 명의 말벗이었다. 부모에게도 말할 수 없는 마음의 상처(어린아이에게도 마음의 상처는 있다)를 검둥이에게만은 털어놓았고, 그럴 때면 검둥이는 가만히 촉촉한 눈으로 나를 바라봐줬다. 개는 인간의 마음을 이해할 수 없다고, 나는 절대로 생각하지 않는다. 병에 걸린 주인에게 개는 자신의 몸을 찰싹 붙여서 따뜻하게 한다는 이야기를 어딘가에서 읽은 적이 있다. 그건 개가 주인의 건강을 걱정하기 때문이지 않을까. 이상한 이야기지만 나는 가끔 개나 고양이가 주인을 대신하여 죽기도 한다고 믿는다. 건강을 잃어버린 주인 대신 기르던 개가 죽음으로써 그 주인은 몸을 회복한다. 이런 일을 경험한 사람, 혹시 없으신가요?

소년 소녀 시절에 부모나 형제 말고 '사랑하는' 것을 배우는 상대는 그와 그녀의 개다. 그래서 개인적으론 아이를 둔 집에서는 개를 길렀으면 좋겠다. 하지만 오늘날 주택 사정은 어린이에게서 개를 기르는 일을 빼앗고 있다. 공터가 사라지고 개를 기르지 못함이 지금 소년 소녀들의 일상을 얼마나 황량하게 만드는지 부모들은 알까. 나는 아이 교육이란 물론 엄할 때는 엄해야 하지만 개와 공터와 어우러져 멍하니 있거나 공상에 잠기거나 저물녘 꼭두서니 색 하늘에 감동하는 시간을 주는 것이라고 생각한다. 소년 시절에 나는 닌자가 되고 싶었다. 진지하게 산속으로 들어가 수행할까 고민했을 정도다. 내 몸을 세상에서 지울 수만 있다면 듣기 싫은 수업에 가지 않아도 됐으니까. 그런 바보 같은 공상은 인간의 삶에 꼭 필요하다. 어른은 그걸 꾸짖어서는 안 된다. 무의미하고 쓸데없는 마음의 씨앗 따위가 아니므로. 그런 의미로 개는 아이에게 가지각색

공상을 선사한다. 사랑을 알려준다. 도쿄의 토지 사정은 도쿄의 소년 소녀들한테서 이러한 진짜 교육을 빼앗아버렸다. 그리고 학력 중심의 가짜 교육이 교육이라고 불리게 됐다.

개에게 배우다

나는 누마타 요이치*라는 작가를 좋아한다. 그의 상냥한 인품에 호의를 품고 있지만 동시에 견줄 이가 없을 정도로 그가 개를 사랑하기 때문이다. 누마타 씨만큼은 아니더라도 나 역시 개를 사랑하는 사람이다. 개를 좋아하는 사람은 고양이를 싫어한다고들 하는데, 나는 개와 더불어 고양이도 싫지 않다. 그래서 세간에서 "개

---

*누마타 요이치沼田陽一(1926~1997) 일본의 소설가. 개와 함께 지낸 어린 시절을 바탕으로 『만약 개가 말할 수 있다면 인간에게 무엇을 전할까もし犬が話せたら人間に何を伝えるか』 같은 동물에 관한 작품을 다수 쓴 그는 1975년 『코미디언 견사의 우정コメディアン犬舎の友情』으로 나오키상 후보에 오르기도 했다.

와 고양이, 어느 쪽이 좋아요?"라고 물으며 강아지파와 고양이파로 나누는 기분을 도저히 이해할 수 없다.

　　얼마 전, 그 누마타 씨가 『만약 개가 말할 수 있다 면 인간에게 무엇을 전할까』라는 책을 출판했다. 이 책 을 세상의 아버지들, 어머니들이 읽고 아이들에게 이 야기해주기를 바란다. 지방은 어떨지 몰라도 도쿄는 주택 사정으로 개를 기르는 가정이 부쩍 줄었다. 이는 아이 정서 교육에 무조건 커다란 손실이라고 몇 번이 나 주장해왔다. 어린 시절에 개를 보살피거나 개와 놀 거나 개와 친구가 되는 일은 아이의 여러 가지 자질을 눈에 보이는 형태로 키운다. 이것이 참된 교육이다. 하 지만 요즘 부모들은 어릴 때부터 학원에 보내거나 영어 를 가르칠 뿐, 개를 기르는 것 따윈 교육의 일환이라고 꿈에도 생각지 못한다. 이는 단연코 잘못됐다. 누마타 씨의 책은 개의 생태를 둘러싼 이런저런 지식은 물론 그들의 이상한 능력이나 가슴 따뜻해지는 인간과의 관 계를 풀어놓고 있다. 무미건조한 학자적 지식이 아니라 진정한 애견가, 개를 사랑하는 사람의 관찰과 애정으 로 써내려간 기록이다. 소제목을 일부분 소개해보자.

· 왜 개는 후각을 쓰지 않을 때도 주인을 찾을 수
  있을까.
· 왜 개는 주인의 귀가 시간을 알아챌까.
· 왜 개는 인간의 수명을 알 수 있을까.
· 왜 개는 은인의 죽음을 보러 갈까.
· 왜 어미 개는 자식 개를 얻어간 집을 찾아낼까.
· 왜 개는 사람의 대화 내용을 이해할 수 있을까.
· 왜 개는 사람의 직업을 구별하는 능력이 있을까.

　위 항목을 보자마자 아이들은 두 눈을 동그랗게
뜨고 "왜? 왜?" 하고 질문을 쏟아내리라. 개가 주인 가
족을 보고 '누가 이 집의 주인어른인가'를 파악한 뒤
'자신은 그 안에서 어느 정도 위치인가'를 계산하는 일
등을 아이들이 알아둔다고 해도 손해 볼 것 없다. 도
쿄의 가정에서는, 뭐랄까 개가 아닌 애완동물을 기르
는 느낌이다. 나는 사람이 개가 싫어하는 옷을 입히고
미용을 시키고 머리에 리본을 매단 모습을 보면 언짢
은 마음을 넘어 부아가 치민다. 그건 개를 사랑하는 게
아니다. 개를 생명이 없는 장난감으로 여길 뿐이다. 주
택 사정 때문에 개를 못 기르는 부모 대신 학교에서라

도 개를 길러봄이 어떨까. 새끼 때부터 아이들이 손수 보살피며 먹이를 준다. 그에 따라 개를 관찰하며 개의 습성을 배운다. 학교의 의무로 괜찮지 않은가. "만약 물리기라도 하면 큰일"이라고 이 제안을 반대하는 사람이 있다면 누마타 씨의 책에 실린 다음 항을 읽어주면 된다.

· 어째서 아이도 능숙하게 개를 기를 수 있을까.
· 어떻게 하면 개가 고분고분 잘 따를까.
· 왜 개에게 사랑받는 사람과 미움받는 사람이 따로 있을까.

개가 없는 가정은 참으로 적적하다. 지금 나도 개를 기르지 못하는 좁은 집에 살기에 정말이지 쓸쓸하기 그지없다.

개는 인간을 사랑한다

운 좋게도 영화 「밀로와 오티스의 모험」의 원작자이자 감독인 하타 마사노리* 씨와 이야기를 나눌 기회를 얻었다. 예전부터 줄곧 보고 싶어 하던 작가인 만큼 테이블에 앉자마자 흉금을 터놓고 동물에 관한 질문을 거듭하며 배운 바가 많다. 그중 하나로 동물의 연애가 있다. 개든 고양이든 발정기가 오면 수컷은 상대를 가리

---

*하타 마사노리畑正憲(1935~) 일본의 작가이자 동물 연구가. '짱뚱어'란 뜻의 '무쓰고로ムツゴロウ' 씨란 애칭으로 유명한 그는 자신이 직접 쓴 각본으로 영화 「밀로와 오티스의 모험」(원제 子猫物語)을 연출하는 한편 홋카이도에 동물과의 접촉을 체험하는 목장 '무쓰고로 동물왕국'을 만들었다.

지 않고 암컷에게 덤벼드는 걸까 아니면 자신이 사랑하는 암컷한테만 집적거리는 걸까. 예전부터 이 대문제에 머릿살을 앓아온 나는 곧바로 그에게 질문을 던졌다. "상대를 골라요. 닥치는 대로가 아니랍니다." 하타 씨는 명쾌하게 대답했다. "그 말씀은……" 하며 나는 또 물었다.

"발정기의 암컷이 발산하는 체취에 수컷이 끌려 다가가는 거 아닌가요?"

"아니요. 확실히 선택합니다. 저마다 취향이 다르거든요."

"그럼 취향의 기준은 무엇인가요?"

"그게 인간은 알 수 없어요. 인간의 눈으로 보면 실로 시시한 얼굴을 한 암캐에게 수캐들이 모여들기도 하거든요."

이렇게 말하며 하타 씨는 생긋거렸다. 순간 마음속에서 뭐라 말할 수 없는 복잡한 감정이 일었다. 종종 길에서 지나가는 여자를 겁탈한 강간마를 가리켜 '야수 같다'거나 '짐승 행위'라고 하는데, 만약 하타 씨의 말이 맞는다면 동물에게 몹시 무례한 표현이지 않은가. 왜냐하면 동물 쪽이 본능을 그대로 따르지 않고 확실히 자신의 취향에 따라 사랑하는 상대를 선택하기 때문이다. "정말인가요?"라고 나는 무심코 소리치고 말았다.

"요사이 인간 쪽이 상대를 가리지 않고 닥치는 대로 육체관계를 맺는 것 같습니다. 동물들 사이에는 그런 일이 없나요?"

"없습니다."

여러분, 들으셨나요? 견공이건 묘공이건 간에, 너구리건 쥐건 간에 제대로 연애 감정이 생겨야 암컷에게 접근합니다. 지금으로서는 인간 쪽이 더 엉망진창인 게 아닐까요? 정말이지 한심한 이야기네요. 하타 씨의 말에 따르면 연애 감정뿐만 아니라 암수 한 쌍으로 서식하는 너구리 같은 동물은 아내가 죽으면 슬픈 나머지 남편은 아무것도 먹지 않아 쇠약해진 끝에 죽기도 한단다. 나는 그 이야기를 듣고 찡한 감동을 받았다. 최근 오랜 세월 함께 살아온 노부부의 이혼율이 엄청나게 높아졌다고 어느 변호사한테 들은 적이 있다. 여러 가지 사정이 있을 테지만, 아내가 죽으면 뒤쫓듯 죽어가는 동물과 비교해 어쩐지 인간 부부의 애정이 얄팍해진 듯해 맥이 빠졌다.

"기르는 동물이 주인에게 반하는 일은 없나요?"

"있지요."

"연정 표현은 뭐로 알 수 있나요?"

"암컷이라면 대체로 꼬리를 주인 쪽으로 돌려서 유혹하는 자세를 취합니다. 그 외에도 애정 표현은 여러 가지 있지요."

프랑스 리옹에서 유학할 때, 나는 암컷 원숭이한테 사랑받은 적이 있다. 지금과 달리 전쟁 후 리옹에는 일본인이 거의 없었다. 프랑스어 회화도 마음대로 안 되던 난 유학 초기 외톨이 신세였다. 학교가 끝나도 하숙집에 곧바로 돌아가지 않고 홀로 공원을 찾아갔다. 공원의 지저분한 우리 안에는 한 마리의 원숭이가 사육되고 있었다. 먹이를 가져가서 녀석에게 주는 게 일과 중 하나였다. 공원을 드나듦에 따라 점점 원숭이는 내가 보이면 우리에 매달려서는 입술을 세차게 떨었다. 그것이 무슨 의미인지 전혀 알 수 없었다. 삼 년 후 귀국한 나는 한 동물학자에게 그 이야기를 들려줬다. 그는 웃음을 터트리며 말했다. "그 원숭이가 당신을 사랑했네요. 원숭이의 애정 표현은 입술을 떠는 거니까요." 이 추억은 미묘하게 마음에 걸려 있었다. 동물이 인간을 사랑하는 일이 진짜 있을까, 여전히 의문이었기 때문이다. "사실이라고 생각합니다." 하타 씨도 고개를 끄덕였다.

"나 역시 코끼리에게 사랑받은 적이 있습니다."

"코끼리에게요?"

"애정 표현으로 코끼리가 내 팔에 다리를 걸더군요. 거부하지도 못하고 가만히 있는데 팔뼈가 으드득으드득 소리를 내기 시작하더라고요."

코끼리에게 사랑받으면 큰일이다. 더구나 그 암컷 코끼리에게 반해 있던 수컷 코끼리로부터 도전장을 받은 하타 씨는 승부를 내려고 사투를 벌이기까지 했단다. 코끼리를 기른 적이 없어 다행히 그런 위험한 일을 당한 적은 없지만, 어린 시절 기르던 검둥이와는 다 말할 수 없을 만치 추억이 많다.

"검둥이는 내가 쭈그려 앉아 있으면 어깨에 제 앞다리를 걸치고 교미하는 흉내를 내곤 했어요. 날 암컷으로 착각했던 걸까요?"

"아니요, 그건 단순한 우정의 표현입니다. 엔도 씨를 동료라고 생각했던 거죠."

개든 고양이든 자신을 기르는 집에서 누가 가장 지

위가 높은지 바로 알아챘다. 그리고 집의 말단(예를 들어 어린아이)을 동료로 삼는다.

"조금 더 질문해도 될까요?"

"그럼요."

"저는 어렸을 때 검둥이가 보는 앞에서 미끄러져 엉덩방아를 찧은 적이 있답니다. 그 순간, 지금까지도 똑똑히 기억해요. 검둥이가 이빨을 드러내며 저를 비웃었습니다. 다른 사람에게 말하면 누구 하나 믿어주지 않지만요."

"이야, 저는 충분히 있을 수 있는 일이라 생각합니다. 동물은 금세 깔보거든요."

그랬구나, 그때 검둥이는 역시 엉덩방아를 찧은 나를 비웃었구나. 한편으론 검둥이가 그리워지면서 다른 한편으론 오랜 시간 풀리지 않던 의문에 해답을 얻어 기뻤다. 하타 씨의 말에 따르면 동물은 질투가 굉장히 심하다. 기르는 개가 몇 마리 있는데 제일 힘없는 녀석부터 머리를 쓰다듬으면 안 된다. 나중에 다른 개들한테 괴롭힘을 당한단다. 머리를 쓰다듬으려면 집에서 기른 지 오래된 개부터 차례대로 하는 게 무엇보다 중요하다. 이것도 여러분에게 전해두자.

개는 주인의 병을 걱정해준다

어렸을 때부터 다른 아이들처럼 나도 개를 좋아했기에 버려진 개를 주워 와서 몰래 숨겨두고 기르거나 부모를 조른 끝에 얻은 만주견을 보며 더없이 기뻐하거나 등등 여느 애견가가 그렇듯 추억이 참 많다. 그래서 애견인이 쓴 수필을 즐겨 읽는 편인데, 대부분 자신이 기르는 개를 예찬하거나 자랑할 뿐 개 때문에 곤란했던 일은 그다지 다루지 않는다. 하지만 문단 선배인 우메자키 하루오* 씨의 글은 예찬이나 자랑이 아니라 '곤란했던' 점만을 언급하고 있다. 전후 식량이 없던 시절, 우메자키 씨는 거리를 헤매고 다니던 개를 집으로 데려와 길렀다. 그 개는 산책하러 나가면 겁쟁이 주제에 맞은편에서 걸어오는 몸집이 큰 개를 향해 기세 좋게 짖어대곤 했다. 커다란 개는 보통 힘이 약한 강아지는 무시하건만, 너무나 시끄럽게 구니 한번은 큰소리로 '멍!' 하고 위협을 가했다. 우메자키 씨의 개는 깨갱거리는가 싶더니 옆 거름더미(오늘날 도쿄에서는 사라졌지만 당시 우메자키 씨가 살던 군마 밭 등에는 아직 남아 있었다)로 떨어졌다. 그러다 겨우 기어 올라와서는 "어때요, 보셨나요?"라고 말하듯 똥투성이 몸을 바지에 문질러대는 바람에 '몹시 난감했다'는 이야기다.

나도 기르던 개로 인해 난처했던 적이 있다. 가모가와에 사는 친구이자 애견가인 곤도 게이타로**한테 받은 시바견 수컷으로 처음에는 적당한 이름을 지어줬음에도 어느 사이엔가 가족들이 '먹보'라고 불렀다. 기생충이라도 있는지 끊임없이 먹어대니 먹보라는 이름

---

*우메자키 하루오梅崎春生(1915~1965) 일본의 소설가. 제1차 전후파 작가 중 한 명으로 1954년 「헌집의 봄가을ボロ家の春秋」로 나오키상을 수상했다.
**곤도 게이타로近藤啓太郎(1920~2002) 일본의 소설가. 1950년대 초 일본 문단에 등장한 신인 소설가를 지칭하는 '제3의 신인'을 대표하는 작가 중 한명으로 중학생 때부터 일본견보존회 회원일 만큼 유명한 애견가다.

이 붙어버린 게다. 우리 집 먹보는 일본견의 특징일까. 매우 붙임성이 없었다. 그즈음 같이 기르던 잡종견 '흰 둥이'는 나를 보면 희색만면한 얼굴로 꼬리를 흔들어 댔다. 반면 먹보는 정나미 떨어지는 얼굴로 나를 가만히 쳐다볼 뿐이었다. 게다가 커가면서 어쩐지 겉과 다르게 속은 매우 음탕한 할아버지 같은 얼굴이 됐다. 실제로도 먹보는 무뚝뚝한 호색꾼이었다. 이따금 마당에서 탈주해 이삼일 자취를 감췄다가 돌아올 때면 그는 확실히 밤일 과다로 인해 홀쭉해진 얼굴이었다. 그러면서 나를 보고 뚱한 표정을 지었다.

난처했던 건 그 일이 아니다. 먹보가 방탕하든지 말든지, 그건 먹보의 문제로 내 알 바 아니다. 그런데 그가 돌아오는 날이면 마당 구석에 여성 속옷이 꼭 떨어져 있었다. 그것도 한두 장이 아니었다. 왜인지는 모르겠으나 먹보는 여자 속옷에 흥미가 있어 어딘가에서 주워 물고 돌아오는 것 같았다. 무뚝뚝한 얼굴로 속옷을 훔쳐오다니. 나와 가족은 그냥 놔둘 수만은 없었다. 왜냐하면 혹시라도 내가 속옷 도둑으로 오해받지 않을까 걱정된 탓이다. 하지만 먹보의 버릇은 아무리 혼을 내도 고쳐지지 않았다. 이상한 버릇은 또 있었다. 데

리고 산책을 나가면 풀숲이나 나무숲이 아니라 어딘
가의 집, 비질로 깨끗해진 대문이나 현관 앞에서 항상
똥을 쌌다. 개에게는 똥 눌 장소를 고르는 일이 대단한
사업인 듯하다. 먹보는 산책하는 도중에 한곳을 뱅글
뱅글 돌며 냄새를 맡거나 웅크린 자세를 취하는 등 여
러 동작을 하다가도 결국 볼일을 보는 곳은 훌륭한 저
택의 문 앞이었다. 여기에는 나도 두 손 두 발 다 들었
다. "왜 그는 비질을 끝낸 대문 앞이나 현관에서 탈분
하는가?" 그 심층 심리를 생각해본 적이 있다. 융도 프
로이트도 이 점에 관해 아무것도 쓰지 않았기에 여태
껏 이유를 알지 못한다. 다만 아무리 개가 폐를 끼친다
고 해도 개를 좋아하는 사람은 개를 기르는 일을 그만
두지 않으리라. 나도 그중 한 명이다.

　하타 마사노리 씨의 말에 따르면 개의 심리는 인
간으로 치면 네 살 또는 다섯 살 아이 수준이다. 그 증
거로 만일 당신이 기르는 개 앞에서 그 개를 깔보는 이
야기를 한다면 반드시 싫은 표정을 지을 게다. 정확한
내용까지는 이해하지 못해도 당신의 어조나 주변 사람
의 조소를 보고 자신이 모욕당하고 있음을 개는 민감
하게 느낀다. 나도 예전에 먹보 앞에서 "우리 개는 무

뚝뚝한 호색꾼이야"라고 말한 적이 있다. 그때 먹보는 무뚝뚝함 위에 무뚝뚝함을 얹어 나를 외면했다. 처음에는 저 녀석 표정은 원래 저러니까 그러려니 생각했다. 그런데 몇 번이나 같은 경험을 되풀이하는 사이 아무래도 자신이 모욕당했음을 알고 있구나 싶었다. 하타 씨의 이야기를 듣고 더욱더 그 생각이 굳어졌다. 개나 고양이를 오랫동안 기르다 보면 그들에게 인간처럼 명료한 언어는 없어도 울음소리의 장단과 고조, 표정이나 동작으로 지금 무엇을 말하려고 하는지 조금씩 알게 된다. 하타 씨의 말에 따르면 주인이 병에 걸렸을 때 개는 어떻게든 치료를 해주려고 애쓴다. 개의 치료법이란 이쪽, 그러니까 주인의 코를 자꾸만 핥아주는 것이다. 개의 입장에서 보면 코가 젖어 있지 않으면 병에 걸렸기 때문이다. 이런 사실들을 알고 개를 기르면 그의 친절이나 호의가 손바닥 보듯이 이해되므로 확실히 점점 더 헤어지기 어려워진다.

속옷 도둑과 똥개

도쿄 교외 마당 있는 집에서 두 마리의 개를 길렀다고
했는데, 한 마리가 잡종 암컷 흰둥이였다. 십몇 년 전
근처 우유 가게에서 태어난 새끼들 가운데 한 마리를
내가 얻어왔다. 개한테 십 년은 인간의 일흔 살에 해당
한다고 들었지만, 일흔 할머니라고는 생각지 못할 만
큼 이빨도 튼튼하고 눈도 좋았다. 생선 꼬리든 단무지
든 락교든 주어진 것은 뭐든지 잘 먹었다. 그리고 온종
일 등나무 덩굴시렁 밑에서 얼굴을 앞다리에 올린 채
잠을 잤다. 자랑하는 건 아닌데 이 개, NHK방송에도
나왔다. 더구나 여러분, 채널 넘버원 NHK랍니다. "개

는 알지 못하는 지점에서 과연 집으로 돌아올 수 있을까"란 실험을 NHK방송에서 기획했을 때 무슨 까닭인지(지금도 나는 그 이유를 모르겠다) 흰둥이가 주역으로 뽑혔다. 방송을 보신 분이 일본 전국에 많을 터. 그녀는 알랭 들롱과 사냥개, 피터 폰다와 콜리견이 출연하는 장면에 섞여 당당히 등장했다. 거짓이 아니다. 방송국 사람들도 무릎을 탁 치며 그녀의 명연기에 감탄했다.

다른 한 마리는 먹보라는 수컷. 당시만 해도 아직 어린 편이던 이 녀석은 갈색 털에 귀가 꼿꼿하고 입 아래 검은 반점이 있었다. 그 탓에 코밑수염을 기른 품위 없는 아저씨처럼 보였다. 왜 먹보라는 이름을 붙였냐고? 잘 먹기에 먹보, 흰둥이 역시 하얗기에 흰둥이. 간단명료, 단순하기 그지없는 담박한 이름이다. 하긴 흰둥이는 그동안 묵은 솜처럼 추레하게 색이 바랬다. 그렇다고 이제 와서 '헌솜'이라 부를 수는 없지 않나. 코밑수염을 기른 품위 없는 아저씨 같은 얼굴을 한 먹보는 성격도 품위가 없었다. 잡종견인 흰둥이가 이 사람 저 사람 가리지 않고 들입다 꼬리를 흔들어댔다면, 이쪽은 일본견의 특징인지 언제나 부루퉁한 표정으로 주인인 내게조차 애교를 부리지 않았다. 생선 뼈를 줘도 기뻐하는 기색이 없달까. 일본 남성과 마찬가지로 희로애락의 표현이 모자랐다. 그렇다고 감정까지 메말라 있느냐 하면 그건 또 아니다. 산책에 데리고 나가면 지나가는 아가씨의 치마 속으로 느닷없이 얼굴을 처넣곤 했으니까. 얼굴도 상스럽고 성격도 상스럽다. 딱 일본 남성적인 무뚝뚝한 색골이었다.

어느 날, 이 먹보를 데리고 산책을 나갔다. 우리 집 주변은 도심에 비해 아직 숲이나 공터가 많았음에도 개를 데리고 걸을 땐 작은 삽과 비닐봉지를 꼭 손에 들고 걸어야 했다. 개가 똥을 누면 작은 삽으로 퍼서 비닐봉지에 넣어 뒤처리하라는 경찰의 시달이 있었기 때문. 솔직히 말해 나는 먹보를 데리고 걷는 일이 싫었다. 흰둥이와 달리 이 녀석은 볼일을 고분고분 보지 않았다. 우선 똥을 눌 만한 지점을 찾아내기까지 숲속 이곳저곳을 냄새 맡으며 하염없이 돌아다닌다. 그러다 겨우 허리를 굽히나 싶으면 금세 마음을 바꿔 다시 이리저리 걷는다. 그럴 적마다 녀석의 쇠목줄에 질질 끌려 숲을 우왕좌왕하며 가시나무에 다리를 긁히거나 나뭇가지에 얼굴을 맞기 일쑤였다. 또 가까스로 땅에 궁둥이를 붙인 먹보는 바로 힘을 주는데, 온 힘을 다하는 와중에도 두 눈을 부라리며 이쪽을 쳐다본다. 그 표정과 그 자세를 마주할 때면 왠지 삶이 지긋지긋하게 느껴졌다.

가을 저물 때
똥 누는 강아지의
서글픈 얼굴

나는 어느 해 이런 하이쿠*를 지었다. 근데 사실 "가을 저물 때, 똥 누는 강아지의, 지독한 얼굴"이라 하고 싶을 정도였다. 더구나 썩은 감자 같은 똥을 작은 삽으로 떠서 비닐봉지에 넣는 일도 썩 유쾌하지 않았다. 고백하자면 아무도 안 볼 때는 그냥 놔두고 도주한 적이 몇 번 있다. 그날도 먹보는 숲속을 이리저리 돌아다니다가 장소가 영 마음에 들지 않는지 나를 끌고 숲 밖 길로 달려갔다. 그 뒤 뭔 생각인지 숲에서 백 미터쯤 떨어진 이제 막 지은 양과자 같은 작은 집 대문 앞에서 별안간 허리를 굽히는 게 아닌가. 야단칠 틈도 없었다.

---

*5·7·5의 17음 형식으로 이루어진 일본 고유의 전통시.

녀석은 눈을 부릅뜨고 작은 감자만 한 똥을 두세 개 땅에 흩뿌렸다. 당황한 내가 목줄을 잡아당겨도 녀석은 양다리로 힘껏 버티며 움직이지 않았다. 마침 그때 현관문이 열리고 안경을 쓴 인텔리풍의 남자가 밖으로 나왔다. 말라서 광대뼈가 톡 튀어나온 그 남자는 먼저 나를 의심스럽게 쳐다보다가 먹보를 바라봤다. 이어 대문 앞에 뒹구는 두세 개의 황갈색 물건에 눈길을 줬다. "으악! 당신. 이거, 대체." 삽시간에 화내는 표정으로 바뀌더니 말했다.

"당신, …… 의식적으로 개로 하여금 여기에다 배변하게 한 건가요?"

"당치도 않소. 의식적, 이라니. 이 녀석, 말릴 틈도 주지 않고 해버렸지 뭐요."

서털구털한 내 답변에 상대는 따지듯 물었다.

"숲이 있지 않습니까? 거기서 왜, 시키지 않았죠?"

"그게…… 거기에선…… 하지 않더라고요."

"그래서 여기에다 누게 했다는 건가요? 당신에게는 시민 의식과 도덕심이 없습니까?"

이렇게 다그치는 말을 잔뜩 퍼부었다. 이쪽은 이마에 땀을 닦으며 그저 사죄할 수밖에. 막힘없이 술술 회

전하는 상대의 혀에 맞설 엄두가 나지 않았다.

"청소해주세요. 당연하잖아요?"

"청소할게요, 그럼 되겠죠?"

오는 말이 고와야 가는 말이 곱다고, 나도 무심코 불끈해 몹시 난폭하게 작은 삽으로 부드러운 먹보의 똥을 떠서 비닐종이에 넣었다. 그사이 그는 감시하듯 꼼짝 않고 내 동작을 지켜보다가 작업이 끝나자 한마디 내뱉었다. "이런 사람이 있으니까 일본의 민주주의가 발전하지 않는 거야!" 그러고는 문을 쾅 닫고 모습을 감췄다. "바보 자식, 뭐가 민주주의야"라는 말이 엉겁결에 입 밖으로 나올 뻔했지만 이미 그는 사라진 뒤였다. 돌아오는 길에 먹보에게 마구 화풀이를 해댔는데도 뒤틀린 비위는 도무지 가라앉지 않았다. 개가 문앞에서 똥을 누도록 놔둔 일은 분명 이쪽의 잘못이다. 그렇다고 저처럼 시민 의식이 없다느니 도덕심이 부족하다느니 사정없이 욕을 들으면 어쩔 수 없이 부아가 난다. "어이." 현관에 들어가자마자 아내를 큰소리로 불렀다.

"숲 옆에 새로운 집이 생겼잖아. 거기, 대관절 어느 놈이 사는 거야?"

"숲 옆이요? 마루다 리코라는 문패가 걸려 있던 것 같은데……."

아내는 내 서슬에 애매하게 대답했다. 마루다 리코. 어딘가에서 들은 적 있는 이름이었다. 그래, 최근 갑작스레 잡지 등에서 그 이름으로 쓰인 어려워 보이는 평론을 읽었더랬지. 설마 그 남자가 바로 옆에 집을 지은 건가. 나 또한 글을 쓰는 사람인 만큼 저쪽도 이쪽 이름쯤은 알고 있을 텐데. 그럼 이사 왔으면 왔다고 과자 상자 하나라도 들고 인사를 와도 좋지 않나. 그날 두 시간에 걸쳐 잡지를 이것저것 뒤적인 끝에 『현대 지성』이란 잡지에 실린 마루다 리코의 사진을 찾아냈다. 외국어로 쓰인 책이 즐비한 책장을 등지고 매우 심각한 얼굴을 한 채 찍혀 있는 사람은 틀림없이 나를 모욕한 그 남자였다. "빌어먹을." 나는 대체로 외국책을 등 뒤에 두고 사진을 찍으며 거드럭거리는 남자를 싫어한다. 더욱이 이름에까지 '리코*'라는 단어를 붙인 남자라니, 불쾌하기 그지없다. 그의 평론을 훑어보니 무턱대고 외국어 단어를 늘어놓고 마구잡이로 '-적'이란 글자

---

* 일본어로 '리코利口'는 '영리함' 또는 '요령 좋음'이란 뜻.

를 쓰고 있다. 민주적 발전적 사상이란 게 도대체 뭐야. 개가 문 앞에 똥을 누면 그 주인은 비민주적이며 비발전적 인간인 건가. 저녁때 울화통이 터져 홧술로 미즈와리*를 벌컥벌컥 들이켜고 있는데 같은 시에 사는 편집자인 M 군이 찾아왔다.

"또 미즈와리인가요? 쩨쩨하시네요."

젊은 주제에 M 군은 때때로 코 막힌 목소리로 싫은 소리를 늘어놓는다.

"무엇이 어째. 미즈와리만큼 뒤가 안 남는 술은 없어. 건강에도 좋고. 그래서 마시는 거야."

"진짜 이유는 싸서, 아닌가요?"

"시끄러워. 그보다 마루다 리코는 어떤 작자야?"

돌연 취기가 올라서 나는 고함쳤다.

"최근 가까이 이사를 왔는데도 인사하러 오지도 않다니. 건방진 놈이야."

"저런, 근방에 마루다 선생이 이사 오셨어요? 전혀 몰랐네요."

"그런 녀석, 선생이라고 부를 것도 없어. 그만둬. 비

---

*일본 소주나 위스키 등에 얼음 대신 물을 넣은 찬 술.

굴하니까."

"하지만 바보든 멍청이든 집필자는 선생으로 부르라고 선배인 이토 씨에게 들었거든요."

그렇게 말하더니 옆을 보며 혀를 날름 내밀었다.

"마루다 선생은 건설적인 에세이를 쓰기 때문에 학생들에게 인기가 있어요. 유럽 문화에도 훤하고요."

"나도 학생에게 인기 있어."

"이쪽의 경우, 학생은 학생이라도 중학생이잖아요? 지금 시샘하고 계신 건 아니겠죠?"

여하튼 나는 불쾌했다. M군은 마음을 쑤시는 말을 잇달아 입에 올리며 내 횟술을 몇 잔 마시고는 돌아갔다. 마루다 리코가 근처로 이사 온 지 두세 달도 채 안 돼 그의 이름이 마구 내 눈에 띄기 시작했다(나의 비뚤어진 마음 탓일지도 모르지만). 내가 사는 도시의 청년회 주최 강연회라든가 부인 독서 동아리에서 마루다가 인기 있다는 증거였다. 신문이랑 같이 우편함에 내팽개쳐지는 광고지에도 가끔 마루다 리코라는 이름이 인쇄돼 있었다. "마루다 선생과 교육 문제를 생각하는 모임", "부인의 지위 향상을 위한 모임. 강사: 마루다 리코 선생" 같은 문구를 광고지에서 읽을 때마다 나는 이유도 없이 쳇, 쳇 하고 혀를 차며 몹시 비뚤어져서는 소리쳤다. "뭐야, 이 바보 자식은!"

6월 중순, 우편함에 광고지와 함께 경찰서 알림장이 보였다. "최근 치한이 출몰하고 있습니다. 밤에 여성혼자 걷는 일은 되도록 삼가세요." 그러고 보니 우리집 주변에서 아가씨가 이상한 남자에게 미행당했다느니 마당에 널어둔 여성 속옷을 도둑맞았다느니 하는이야기를 종종 들었다. "아이고, 있잖아요." 하루는 아내가 "치한도 불쾌하지만 요즘 들어 숲속에서 아베크족이 밤늦게까지 농탕치곤 하잖아요. 그쪽도 풍기가 어지럽죠"라는 말을 꺼냈다. 숲에서 밤늦도록 아베크족이 농탕친다는 이야기는 금시초문이었다. 막 이사했을무렵, 이 근방은 문자 그대로 공기도 청정하고 숲도 풍부한 지대였다. 아베크족은커녕 멧새인지 올빼미인지모를 새가 숲에서 불안하게 부엉부엉 울었을 뿐이다. '괘씸해, 참으로 괘씸해.' 어째서 괘씸한지 이유는 잘몰랐지만 밤의 숲에서 젊은 남녀가 꿈실거리거나 농탕치는 모습은 확실히 관찰할 가치가 있었다. 소설가란사람은 뭐든지 관찰해야 한다고, 나가이 가후* 선생도글에서 말한 바 있으니까. M 군에게 내 의지를 개진하자 그는 히쭉 웃고는 '이 근처 풍기를 쇄신하는 모임'을 만들자고 제안했다.

"마루다 리코 선생에게도 모임에 참여해달라고 촉구해보면 어때요?"

"멍청아, 그런 녀석을 누가 받아줄 성싶으냐!"

그날 밤, 우리는 홧술을 마시고 용기를 불어넣은 뒤 먹보를 데리고 숲을 정찰하러 나갔다. 달빛이 밝아 숲에 있는 나무의 우듬지마저 또렷이 보이는 밤이었다. 길에 자동차 한 대가 멈춰 서 있고 숲 비탈에 남녀 한 쌍이 서슴없이 드러누워 뭔가 이야기하는 모습이 눈에 비쳤다. 이미 밤 열두 시가 가까운 시간이건만 이런 곳에서 젊은 남자와 여자가 는실난실하다니. 내가 어릴 적에는 꿈에도 생각지 못한 일이었다.

"M 군, 헛기침을 해보게."

내가 재촉하자 M 군이 헛기침을 해댔다.

"애햄, 애햄."

＊나가이 가후永井荷風(1879~1959) 일본의 소설가. 탐미주의 소설 『강 동쪽의 기담』, 산책 수필 『게다를 신고 어슬렁어슬렁』 등이 국내에 출간됐다. 그가 프랑스 리옹에서 생활하며 쓴 『프랑스 이야기ふらんす物語』는 엔도 슈사쿠가 즐겨 읽는 책 가운데 하나였다.

"좀 더 크게."

"에헴, 에헴, 에헴."

온건한 경고를 보냈음에도 그들 남녀는 모르는 체하며 이야기를 계속 나눴다. M 군도 분한 눈을 하고 말했다.

"뻔뻔스러운 녀석들이네. 자유와 방종을 잘못 생각하고 있잖아."

"그걸 알면 마루다 리코 따윈 존경하지 마. 요즘 젊은이들에게 영합하는 마루다적 평론가가 권세를 누리고 제멋대로 날뛰는 건 이상한 일이야."

M 군은 숲 귀퉁이를 돌며 예전에 한때 인기 있던 유행가를 들으라는 듯이 부르기 시작했다.

여보세요, 벤치에서 속삭이는 두 사람.

빨리 돌아가세요, 밤이 이슥해요.

촌스러운 설교, 하는 건 아니지만

이쪽은 매우 위험해요.

응답도 없고 반응도 없다. 그들은 자기들 일에 너무 몰두한 나머지 우리는 눈에 들어오지도 않는 모양이었다. 나는 결심했다. 먹보의 쇠목줄을 벗겨주기로. 풀려난 먹보는 필시 두 사람을 향해 짖어대거나 주변을 빙빙 돌며 이리 뛰고 저리 뛰리라. 아니면 그것이야말로 내가 노리는 일인데 그들을 나무로 착각해 오줌을 뿌릴지도 모른다. 나는 먹보의 머리를 쓰다듬으며 "이봐, 먹보. 똥 싸도 돼"라고 일렀다. "이 세상에 태어났잖아. 네가 세상을 위해 쓸모 있을 때가 지금에야 왔다고 생각하렴." 쇠목줄을 벗겨주니 먹보는 우리를 빠져나와 달아나는 토끼처럼 아주 빠르게 숲속으로 돌진했다. 남자와 여자의 그림자가 그 기색에 깜짝 놀라 일어났다. 그 모습에 '꼬락서니 봐라'라고 생각할 새도 없이 먹보는 그들 바로 옆을 재빠르게 빠져나가 어둠 속으로 자취를 감췄다. "먹보, 먹보야." 나는 기겁하며 소리쳤다.

"돌아오렴, 먹보야. 돌아와."

"어떻게 된 거예요? 도대체."

혼자서 허둥대고 있으니 M 군이 숲 귀퉁이에서 걸어오며 물었다.

"먹보가 도망쳤어. 어떡하지? 아내한테 혼날 텐데."

"이렇든 저렇든 간에 왜 목줄을 벗기셨어요?"

"그게 말이야…… 자네……."

이제 와서 사정을 설명해봤자였다. 각자 흩어져 숲 속을 뒤져봤지만 자유를 얻은 먹보는 어디로 사라졌는지 형체도 그림자도 안 보였다. "시끄러운 어른들이네." 남녀 가운데 남자 쪽이 들으라는 듯이 말했다. "나잇살이나 먹었다는 사람들이 한밤중에 이런 곳까지 와서 소란을 피우다니 무슨 생각인 건지." 그런 틀에 박힌 말을 내뱉고는 남자는 길에 세워둔 자동차에 여자를 태우고 어딘가로 달려갔다. "나잇살이나 먹었다"는 그의 말이 한심스러운 내 머리에 울려 퍼졌다. 집에 돌아간 나는 아내에게 몹시 야단맞았다. 먹보는 이튿날이 밝아도 돌아오지 않았다. 대신 근처의 S 씨로부터 전화가 걸려왔다.

"폐가 이만저만이 아니에요. 갈색에 코밑수염을 기른 개, 당신네 개죠?"

"네? 우리 개가 그 댁에 있습니까?"

"그 댁에 있습니까, 라고요? 그 정도가 아니에요. 우리 메리 양에게 이상한 수작이나 부리고. 지금 엄청 난처하다고요."

"메리 양? 그건 뭔가요?"

"메리 양은요, 값비싼 코커스패니얼의 암컷이에요. 그런 메리 양에게 저런 상스럽고 천박한 얼굴을 한 당신네 개가 이상한 짓을 하다니. 아이라도 생기면 어떡할 거예요?"

"죄송합니다, 죄송합니다."

샌들을 대충 신고 S 씨의 집으로 날아가니 먹보 녀석이 그 품위 없는 얼굴로 어정버정하고 있었다. 그러다 내 얼굴을 보자마자 토끼가 달아나듯 잽싸게 도주했다. 일본견의 나쁜 버릇으로 한 번 달아나면 좀처럼 붙잡을 수가 없다. 그날 이곳저곳에서 불평하는 전화가 쇄도했다. 먹보는 역 앞 상점가 쪽에 나타나서는 채소 가게 앞 고양이를 뒤쫓았고(그 탓에 고양이는 토마토 그릇을 뒤집었다), 또 젊은 여성의 치마 속으로 머리를 처박았다(먹보에게는 그런 버릇이 있다). 늦은 밤이 돼서야 피곤에 찌든 표정을 하고 녀석은 집에 돌아왔다. 그 얼굴은 못된 곳에서 하룻밤 지새운 탓에 맥이 다 빠져 하숙집으로 돌아오는 남자의 얼굴과 닮아 있었다. 그는 목덜미를 잡힌 채 손바닥으로 뺨따귀를 맞자 "깨갱, 멍멍" 하고 소리치더니 온순하게 쇠목줄에 묶였다.

다음 날, 집에 아내의 심상치 않은 목소리가 울렸

다. 마침 세수를 하던 내가 "뭐야?"라고 고함치자 그녀는 입에 손가락을 대며 "쉿!" 하고 손짓으로 오라는 시늉을 했다. 나는 이럴 때 엉터리 영어를 쓰는 나쁜 습관이 있다. 이때도 아내의 손짓에 "왓 이즈 마담"이라고 답하면서 마당용 게다를 발끝에 걸쳐 신고 옆으로 다가갔다. "저거!" 눈살을 찌푸리며 그녀는 마당 구석을 가리켰다. 꽃무늬 팬티 두 장이 진흙투성이가 된 채 떨어져 있었다. "도대체?" 나는 깜짝 놀라서 물었다.

"어떻게 된 거야? 우리 가족 거야?"

"아니에요. 다른 집 거예요."

"난, 아니야."

나는 반사적으로 소리쳤다.

"이상한 눈으로 보지 마."

"별로 이상한 눈을 하고 있지 않아요. 치한의 못된 장난이려나."

내가 땅 위에 놓인 팬티를 손으로 잡으려고 하자 아내가 소리쳤다.

"그만두세요."

"치한이라면 훔친 물건을 일부러 다른 사람 집에 버리고 가지 않을걸."

"그럼 누굴까요?"

"누구냐고 물어봤자 난 모르지."

그렇게 말하면서 내 시선은 무심하게 우리가 서 있는 위치와는 반대쪽에 있는 개집으로 향했다. 흰둥이는 여느 때처럼 등나무 덩굴시렁 밑에서 턱을 앞다리에 괴고 잠을 잤다. 먹보는 코밑수염을 기른 품위 없는 얼굴을 이쪽으로 돌린 채 우리의 일거수일투족을 멍하니 바라봤다. 그 멍한 눈매를 본 것만으로 순간 '앗!' 하고 마음에 짚이는 데가 있었다.

"이 녀석이다, 이 녀석이야."

"먹보가요? 설마?"

"아이고, 이 녀석이 틀림없어. 저 음란하고 상스러운 얼굴을 보라고."

먹보 녀석은 전부터 목줄을 풀고 도주했다가 남의 집에서 헌 운동화 한 짝이나 장난감 따위를 곧잘 물고 돌아와서는 개집 옆에 숨겨두는 습성이 있었다. 때로는 그걸 코끝에 흙을 잔뜩 묻혀가며 땅에 묻어두는 이상한 버릇도. '그렇다면 이 녀석은 두 장의 팬티 외에 몇 장 더 물고 돌아와 땅에 묻었는지도 모른다.' 돌연 끔찍한 불안이 급행열차처럼 전속력으로 마음속을 통과

했다. 요즘 근처에서 여자 속옷을 훔치는 치한이 출몰한다는 소문이 있는데, 어쩌면 먹보 녀석의 짓이지 않을까. 기다려, 이 개가 탈주한 건 어제 하루뿐으로 그 전까지는 목줄에 묶여 있었기에 그럴 일 없다는 모순된 생각이 머릿속에서 이리저리 엇갈렸다.

"난처하네. 이 속옷. 우리가 버릴 수도 없고. 그렇다고 한 집 한 집 찾아가며 당신네 거냐고 물어볼 수도 없잖아요?"

"자네가 입으면 어때?"

"뭐라고요? 그런 실례되는."

아내의 말은 지당했다. 아무리 비싼 물건이라고 해도 개가 훔쳐온 타인의 속옷을 착용하는 건 당사자의 자존심이 허락하지 않으리라.

"어떻게 할까요?"

"종이에 싸둬. 내게 생각이 있어."

그때 도스토옙스키가 쓴 『죄와 벌』의 한 장면이 문득 떠올랐다. 도스토옙스키는 그 천재적인 심리 통찰을 바탕으로 "범죄자는 반드시 범죄를 저지른 장소에 돌아온다"고 말했다. 물론 인간 범죄자를 대상으로 한 말이지만 개에게도 어쩌다가 같은 일이 벌어질지도 모른다, 이게 내 생각이었다. 저녁때 나는 먹보를 데리고 산책에 나섰다. 목줄을 꽉 쥐고서. 물론 내가 잡아 끌지 않고 그가 좋아하는 방향으로 걷도록 놔뒀다. 그리고 숲속에서 천천히 시간을 들여 똥을 누게 한 다음 예의 팬티를 싼 신문지를 그의 코에다 바짝 댔다. 자신이 저지른 범죄(그 녀석에게는 범죄가 아니겠지만)를 생각해내도록 하기 위함이었다. 먹보는 잠시 멍한 표정을 짓다가 돌연 마음에 뭔가 되살아난 것처럼 팔짝 뛰어오르더니 목줄을 세차게 끌어당기며 걷기 시작했다. 도스토옙스키는 역시 위대하다. 범죄자는 확실히 범죄 현장에 돌아온다.

놀랍게도 먹보는 내가 아주 싫어하는 평론가 마루다 리코의 집 쪽으로 향했다. '안 돼, 이건 안 돼!' 나는 엉겁결에 목줄을 꽉 쥐었다. 하지만 자신이 넘치는 먹보의 힘은 의외로 세서 약한 내 몸은 그대로 마루다 리코의 집까지 질질 끌려가는 판이었다. 새삼 보니 마루다 리코의 새집은 자못 평론가가 사는 집이었다. 하얀 산막풍으로 지은 외관. 이층에 베란다가 쑥 나와 있고 창문은 프랑스창인지 여닫이로 닫게끔 돼 있다. 아담한 정원에는 잔디가 깔려 있고 쇠로 만든 울타리가 쳐져 있다. 요컨대 이런 집이야말로 무턱대고 외국어를 집어넣고 무슨 적 무슨 적 하며 적이란 글자를 사용해 겹치레 문장을 쓰는 경박한 남자가 사는, 경박한 집이었다. 먹보의 목줄을 손에 쥔 채 그의 '건설적인 문장', 즉 "우리들은 이 에스컬레이트하는 일본적 퇴폐에 미래적 시야를 가진 채 맞서 싸우지 않으면 안 된다"는 그 역겨운 문장을 떠올렸다. "바보 자식!" 내가 중얼거리는 사이 먹보는 철책 근처를 자꾸 냄새 맡다가 한쪽 다리를 들더니 오줌을 눴다. 개라는 동물은 도대체 몇 개의 방광을 가졌는지, 실로 자주 오줌을 눈다.

나는 철책 너머로 잔디 깔린 정원과 거기에 놓인 빨랫줄과 바지랑대를 살펴봤다. 빨랫줄에는 마루다 리코의 것으로 보이는 파자마며 수건이 걸려 있었다. 그 사이로 분명히 우리 집 마당에서 발견한 팬티와 비슷한 여성용 팬티가 두세 장 보였다. 마루다 부인의 것인지 아니면 일하는 아주머니의 것인지 모르겠는 그 팬티가 눈에 들어오는 순간 먹보의 범죄는 바로 이 정원에서 이루어졌음을 확신했다. 아마 팬티는 어쩌다가 땅으로 떨어졌을 테고, 먹보는 기쁨에 겨워 그걸 물고 쏜살같이 우리 집으로 달려왔으리라. 주위를 둘러봤다.

근처에 사람의 그림자가 없음을 확인한 뒤 바지 주머니에서 아까 신문지로 싼 팬티를 살며시 꺼냈다. "카이사르의 것은 카이사르에게 돌려주고, 하느님의 것은 하느님께 돌려드려라." 성서의 한 구절을 들릴 듯 말 듯 되뇌며 신문지 속에서 손바닥만 한 크기의 꽃무늬 팬티를 빼내 철책 너머 정원으로 던졌다. 그러나 슬프게도 팬티는 너무 가벼운 나머지 멀리 날아가지 못하고 그만 철책에 걸리고 말았다. 그걸 다시 집어 들고 안쪽에 돌멩이를 넣은 다음 확 내던졌다. "뭘 하는 겁니까?" 갑자기 여자의 목소리가 집 안에서 울려 퍼졌다. 그와 동시에 이층 프랑스창이 열리고 마루다 리코가 문자 그대로 여우처럼 생긴 인색하고 약아빠진 얼굴을 내밀었다. "뭘 정원에 던진 거죠?" 여자의 날카로운 목소리가 달아나려는 나를 붙들었다. 마루다 리코도 외쳤다.

"자네, 기다리게. 뭘 하고 있었지?"

"아무것도 하지 않았어."

"정원에 뭔가를 냅다 던졌잖아? 뭐지, 그거?"

"화염병은 아니야, 그러니 안심해."

나는 정색하며 말했다.

"화염병? 그런 물건 따위를 내가 맞을 리 없어. 나는 좌익 학생 편이라고."

"여보!" 하고 부르는 마루다 부인의 카랑카랑한 목소리가 들렸다.

"이 사람, 속옷을 던졌어요. 여자 속옷이요."

"뭐라고?"

"어제 도둑맞았잖아요? 요츠의 속옷을. 그걸 이 사람이 지금 던졌어요."

"자네…… 자네가 치한이군."

"무례하네. 무슨 말을 하는 거야? 난, 아니야. 이 개가 했다고."

"뭐? 이 개가? 그러면 자네의 개는 치견인가?"

"치견? 일본어를 소중히 해. 치견이란 단어는 사전에 없다고. 이래서 평론가는 안 된다니까. 우리 집 개가 어쩌다 추태를 부리는 바람에 돌려주러 온 것뿐이야."

창문에서 마루다 리코의 얼굴이 사라졌다. 나를 잡으러 서둘러 현관으로 뛰어 내려오는 모양이었다. 먹보로 말할 것 같으면 예의 품위 없는 코밑수염을 기른 얼굴로 이상하다는 듯 가만히 쳐다봤다. 어디까지 바보인 걸까, 이 개는. 나는 먹보를 잡아끌며 부리나케 그 자리에서 도망쳤다. 이날부터 소설가인 나와 평론가인 마루다 리코 간에 어리석기 짝이 없는 반목과 싸움이 이어지지만, 그건 다음 기회에 이야기하기로 하자.

'흰둥이'와 '먹보'와의 나날들

흰둥이를 처음 만난 건 도쿄 교외의, 아직 푸른 숲이
많이 남아 있는 마을에 살던 때였다. 갓 습득한 자동
차를 운전해 산보가 아닌 산차를 하고 있자니 밭 가
운데 있는 우유 가게 앞에 상자가 보였다. 상자 안에는
생후 두 달쯤 되는 강아지 네댓 마리가 들어 있었다.
내가 강아지에 이끌려 차에서 내리자 한쪽 눈이 눈곱
으로 망가진 하얀 강아지 한 마리가 끊어질 듯이 꼬리
를 흔들며 상자에서 기어 나왔다. "이 녀석은 눈이 나
빠요." 강아지 머리를 어루만지는 나에게 가게 아주머
니가 말을 건넸다.

"주시지 않겠습니까? 저에게."

"그러세요. 근데 눈이 좋은 개도 있는데요."

하지만 나는 그 애교가 넘쳐흐르는 강아지를 고집했다. 눈이 나쁜 강아지라 그랬을까. 더욱 내 애정을 끌었다. 집에 돌아와 매일 눈에 안약을 넣어주니 그녀의 눈곱은 없어졌다. 미리 말해두지만 그녀는 스피츠 잡종의 암컷으로 털이 하얘서 흰둥이라는 이름을 붙였다. 나는 혈통이 좋은 개보다 잡종인 개를 더 좋아한다. 혈통 좋은 개는 약간 잘난 체하는 분위기가 있는 반면 잡종견은 살기 위해 힘껏 노력한다. 예를 들어 흰둥이는 내가 조간신문을 가지러 이른 아침 마당에 나가면 개집에서 굽실거리는 듯한 모습으로 손을 비비고 몸을 꼬며 기쁨의 인사를 한다. "헤, 오늘 아침도 좋은 날씨라…… 참말로 다행입니다." 이처럼 잡종견은 개 나름대로 생활의 노력을 한다. 우메자키 하루오 선배가 '카로*'라는 이름을 지어주고 기른 들개는 월수금은 선배네 집에 머물렀지만 화목토는 행방이 묘연했단다.

----

*1939년 만주와 몽골의 국경 지대에서 벌어진 노몬한 사건에서 죽은 관동군의 군견 '카로Caro'의 이름에서 따온 것으로 보인다.

실로 이상했는데 어느 날 산책을 하고 있자니 꽤 멀리 떨어진 남의 집 개집에 카로가 앉아 있는 게 아닌가. 잡종인 카로는 전후 식량난에 시달리는 우메자키 가를 염려하여 월수금만 그의 집에서 길러지고 화목토는 다른 집에서 집지킴이를 했던 게다. 이런 기특한 감정을 품은 개가 잡종견이다.

흰둥이는 또 대단히 다정한 성격이었다. 한번은 근방에 새끼 고양이가 버려진 채 먀오, 먀오 하며 서글픈 소리를 내며 울기에 주워 와서 흰둥이에게 보여줬다. 흰둥이는 새끼 고양이를 괴롭히기는커녕 몸을 핥아주더니 자신의 먹이를 먹어도 화를 내지 않았고 밤이면 새끼 고양이를 껴안은 자세로 잠을 잤다. "어쩌면……." 이럴 때 금세 욕심을 부리는 것이 나의 나쁜 습성이다. '흰둥이와 묘공 사이에 아이가 생길지도 몰라. 남녀 관계의 과오는 인간에 한하지 않아.' 내 머릿속에 떠오른 것은 간사이의 동물원에서 본 레오폰이라는 사자와 표범 간에 태어난 기묘한 아이였다. 태어났을 무렵에는 평판이 좋아서 보러 오는 사람들이 밀치락달치락 대만원을 이뤘다. '저 녀석들 사이에서도 아이가 생길지도 몰라. 그러면 '야멍'이라는 이름을 붙이고 한바탕 돈

을 벌어야지. 놀면서도 걱정 없이 생활할 수 있을 거야.'
나는 이런 공상을 몹시 즐겼다. 그러다 친구인 미우라
슈몬*에게 이 이야기를 하자 후에 문화청 관장을 하기
도 한 그 작가는 가련하다는 눈빛으로 말했다. "불가
능할걸. 사자와 표범은 같은 고양잇과라서 교배가 가
능했지만, 개와 고양이는 과가 전혀 다르니까 아이가
생길 리 없어." 참으로 냉정하고 침착한 목소리로 내
야멍의 꿈을 산산이 깨부수고 말았다.

　흰둥이가 오고 나서 이 년쯤 지나 시바견 강아지
먹보가 함께 살게 됐다. 아직 작은 먹보를 흰둥이는 그
야말로 다정한 어머니인 양 잘 보살피고 놀아줬다. 흰
둥이는 매우 상냥한 성격으로 살아 있는 동안 그녀가
화내는 모습을 딱 한 번 봤다. 그건 먹보가 그녀를 배
신했을 때였다. 여름이 오면 나는 흰둥이와 먹보를 가
루이자와 산막에 데려가곤 했다. 그곳에 도착하면 그
들은 즉각 쇠목줄을 벗고 아침부터 밤까지 숲이며 들

＊미우라 슈몬三浦朱門(1926~2017) 일본의 소설가. 엔도 슈사쿠, 곤도 게이타로 등
　과 함께 '제3의 신인'으로 불리며 1967년 『모형 정원箱庭』으로 신초문학상을
　수상했다. 국내 독자에게 친숙한 작가 소노 아야코의 남편이기도 한 그는 엔
　도 슈사쿠와 여행을 같이 가는 등 두터운 친분을 맺었다.

판을 마음껏 뛰어다녔다. 밤, 자유의 몸이 된 것을 구실 삼아 먹보가 유흥을 시작한 게 문제였다. 일본 아저씨처럼 늘 무뚝뚝한 얼굴을 한 채 애교를 부리지 않던 녀석은 일본 남자와 마찬가지로 지독한 색골이었다. 먹보는 이웃 마을을 이리저리 돌아다니는 밤거리 하치 매춘부 개 '까망이'(내가 이름을 붙였다) 양과 밤이면 밤마다 바람을 피워댔다. 까망이 양은 온몸이 새까맸는데 주인이 없는 탓인지 언제나 다리며 털에 진흙이 잔뜩 들러붙어 있어 보기만 해도 불쌍했다. 먹을거리를 구하러 이곳저곳을 서성거리는 꼴을 본 적도 있다. 그런 빈약한 까망이 양에게 먹보가 왜 손을 댔는지 알수 없다. 확실한 것은 먹보가 놀다 이튿날 새벽에 집에 돌아오면 상냥한 흰둥이가 드물게 성을 냈다는 사실이다. 냄새에 민감한 그녀는 먹보의 밤놀이를 그 체취로 알아챘을 게 틀림없다.

천벌은 바로 내렸다. 먹보는 반달도 지나지 않아 성병에 걸렸다. 성병에 대한 자세한 설명은 삼가겠지만 기겁한 나는 먹보를 차에 태우고 도쿄로 가서 하라주쿠의 동물병원에서 진찰을 받았다. "성병입니다." 수의사는 엄숙하게 말했다. 한 번 낫던 그 성병은 얼마 안 있어 재발했다. "수술하지 않으면 낫지 않습니다." 이번에는 입원해 수술을 받았다. 한 달 후 퇴원한 먹보는 환부를 죄다 도려내어 마치 성전환을 한 남자 같았다. 그리고 놀랍게도 무뚝뚝한 얼굴이던 옛날과 달리 쭈그리고 앉아 소변을 봤다. 그 가엾은 자세를 보고 상냥한 흰둥이는 용서해줄 마음이 생긴 걸까. 또다시 어머니처럼, 누나처럼 먹보와 부부 생활을 이어갔다. 여름이 끝나고 가을께 우리 가족은 집으로 돌아왔다. 쇠목줄에 묶인 개 두 마리를 산책시키는 일은 다시 일과가 됐다. 그때마다 항상 보기 싫었던 것은 그들의 똥 싸는 표정이었다. 두 마리 모두 먼저 공터의 마른 참억새 사이사이를 빙빙 돌며 엉덩이를 내려놓을 장소를 찾아내기까지 몇 번이나 시행착오를 거듭한다. 드디어 그 지점을 발견하면 좌불상처럼 앉은 자세를 한 채 눈을 부릅뜨고 곁눈질로 나를 감시하며 볼일을 본다.

표정이라고 하니 떠오르는 표정이 있다. 열다섯 살이 되던 그해 가을, 필라리아병에 걸려 마른기침을 토해내던 흰둥이는 점점 쇠약해져 비슬거리고 거친 숨을 내쉬며 죽음을 기다렸다. 마당의 코스모스들이 활짝 폈을 즈음 분홍이며 흰 꽃 위에 가로누워 그녀는 마침내 숨을 거두었다. 죽기 전날이었다. 머리를 어루만지는 나를 울먹이는 슬픈 눈으로 지그시 바라보며 무언가 말하고 싶어 하는 표정을 지었다. "먼저……"라고 말했던 걸까. 어쩌면 "여러 가지로……"라고 말하고 싶었는지도. 나는 목련 나무 아래에 구멍을 파고 무덤을 만들었다. 매년 봄이 오면 목련의 흰 꽃잎이 위에 떨어져 그녀의 무덤을 하얗게 물들였다. 세상에는 개를 싫어하는 사람도 많겠지만, 거꾸로 나처럼 동물을 좋아하는 남자는 개나 새에게 얼마나 위로를 받는지……. 아마 내가 언젠가 죽을 때면 수일 전부터 인생에서 만난 다양한 사람과의 일을 음미할 텐데, 흰둥이의 다정했던 눈동자도 선명하게 떠오르리라. 우유 가게에서 받은 눈곱투성이의 잡종 강아지. 그 흰둥이와 함께 살아 참 좋았다고, 나이 든 지금 마음속 깊이 느낀다.

글자 쓰는 개의 슬픔

점심을 먹으면서 가끔 후지TV에서 방송하는 타모리 씨의 「와랏테 이이토모」*를 본다. 이 프로그램에는 시청자가 기르는 애완동물의 재주를 보여주는 코너가 있어 그날만은 잊지 않고 채널을 돌린다. 출연하는 동물은 개가 가장 많다. 물론 앵무새나 고양이가 나올 때도 있는데, 주인 아가씨나 아주머니가 자신의 애완동물을 데리고 등장하는 식이다.

----

*일본의 코미디언 타모리タモリ(1945~)가 진행하던 예능 프로그램(1982~2014). 낮 12시부터 1시까지 방송됐으며 매일 방송 내용이 달랐다. '와랏테 이이토모笑っていいとも'는 '웃어도 좋고말고'라는 뜻이다.

"우리 개는 세 바퀴 돈 다음 '멍' 하고 짖어요."

"진짜요? 그거 재밌네요. 한번 해보세요."

타모리 씨와 주인 사이에 저런 대화가 이어지고 드디어 주인이 자랑하는 애완동물의 재주가 펼쳐져야 하지만, 낯선 장소에 끌려 나온 멍멍 군은 재주를 부릴 상황이 아니다. "왜 그래? 세 바퀴 돈 다음 '멍' 하고 짖어보렴." 주인님이 아무리 기를 써도 멍멍 군은 두리번두리번 주변 냄새를 맡으며 돌아다니거나 텔레비전 카메라를 보고 벌벌 떨며 뒷걸음질할 뿐이다. 스튜디오에 모인 여성들이 까르르 웃는다. 주인님만이 죽자 사자 외치고 죽자 사자 명령하는 이 모습이 꽤나 우습다. 이때 눈치 빠르게 개가 말을 잘 들어 '멍' 하고 짖으면 전혀 재미있지 않다. 재주 피우는 걸 잊어버린 순간이야말로 개는 개다워지기에 웃긴다. "뭐야, 아무것도 안 하잖아요?"라고 타모리 씨가 실망한 듯 말한다. 나는 마음속으로 '개야, 참 잘했어'라고 외친다.

내가 어렸을 때의 개들은 지금의 개처럼 약삭빠르지 않았다. 풀어놓고 기르는 일이 허락되던 시대였기에 이쪽저쪽을 어정버정 돌아다녔고 아이들이 놀고 있는 공터 구석에서 쿨쿨 잠을 잤다. 해 질 무렵 놀다 지친 아이들이 집으로 돌아가면 그 뒤를 느릿느릿 따라 개도 귀가했다. 그것이 개였다. 개다웠다. 지금의 개는 안타깝게도 텔레비전에 나와서 재주를 부린다. 다른 날, 다른 방송에 글자를 쓴다는 개가 출연했다. 주인이 머리에 모자를 씌우고 다리에 도구를 붙인 그 개는 캔버스에 글자와 무늬를 그렸다. 방송을 본 분도 있을 텐데, 나는 재미있다기보다는 슬펐다. 타모리 씨의 「와랏테 이이토모」의 개들이라면 귀엽다. 하지만 그 개는 너무 가엾다. 개는 글자를 쓰기 위해 이 세상에 태어난 것이 아니다. 개일지라도 아이들과 놀고 공터에서 잠자고 저녁이면 주인의 집에 아이와 함께 돌아올 여유를 갖고 싶을 터. 그런데 글자 쓰는 훈련을 시키다니.

나는 텔레비전 광고 등에 집오리나 병아리를 사용하는 걸 좋아하지 않는다. "허, 집오리가 저렇게 사람다운 행동도 하네"라고 처음에는 감탄했다가 그 촬영을 위해 몇 마리나 집오리가 죽고 병아리가 죽는다는 사실을 듣고 어쩐지 싫어졌다. 심지어 그 광고를 보며 소녀들이 "우아, 귀여운 병아리!"라고 소리를 지르는 모습에는 잔혹함마저 느껴진다. 글자 쓰는 개를 보고 저런 인위적인 훈련은 서양인의 악취미라고 말하자 친구는 비웃으며 말했다. "그럼, 일본의 원숭이 재주 부리기는 뭔데?" 나는 침묵했다. 개도 고양이도 모두 길러봤지만, 아무리 가르쳐도 우리 집 흰둥이는 '앉아'는 하지 않았다. '손 줘'만 했다. 그 개는 열네 해 넘게 살면서 내 마음을 달래주다가 마당의 코스모스밭 속에서 죽음을 맞았다. 글자 따윈 쓰지 못했어도 참으로 개다운 잡종견이었다.

먹보야, 어디에 갔니?

먹보 사태. 우리 집에서 열두 해나 기른 개 먹보가 밧줄을 단 채 어딘가로 나간 뒤 벌써 닷새째 돌아오지 않고 있다. 전봇대에 벽보를 붙이고 이웃 사람들에게 물으며 돌아다녔지만 아직도 행방불명이다. 어느 집에서 길러지고 있는지 아니면 차에 치여 죽었는지 걱정이 돼서 견딜 수가 없다. 시바견 먹보는 흰둥이와 비교해 애교도 없고 뭘 가르쳐도 익히지 못했다. "손!" 하고 말해도 그저 멍청한 표정으로 내 얼굴을 쳐다볼 뿐이고, "앉아!" 하고 말해도 꼬리를 흔들기는커녕 눈만 멀뚱멀뚱했다. 나쁜 머리와 달리 호색함은 두 사람 몫을 했다. 어느 여름철 시골에 데려갔더니 가자마자 이웃 마을 이곳저곳을 어정버정하는 까만 암캐 까망이 양과 놀다가 성병까지 옮길 않나. 나는 당시 개에 대해 무지했기에 개도 매춘부가 있고 성병에 걸린다는 사실을 몰랐다. 먹보에게 성병을 옮긴 까망이 양은 이 개 저 개 가리지 않고 몸을 맡겼다. 성병에 걸려 하복부에서 피가 뚝뚝 떨어지는 먹보의 모습을 보면서 묘하게도 녀석이 확실히 수컷임을 실감했다. 막상 도쿄 하라주쿠의 가축병원에서 성병이란 말을 처음 들었을 땐 깜짝 놀랐지만. 수술을 받고 도쿄에서 고리안*으로 돌아온 그는 불쌍하게도 암컷과 마찬가지로 음경이 없었다. 더구나 음경이 사라진 먹보는 예전처럼 한쪽 다리를 들고 오줌을 누지 않고 암컷인 양 쭈그려 앉아 오줌을 눴다. 볼일을 보며 무엇이라 말할 수 없는 겸연쩍은 얼굴로 이렇게 말하는 듯했다. "헤, 미안합니다." 나는 웃기기는 해도 "너도 여장 남자가 됐구나"라고 진지하

---

* '고리안狐狸庵'은 '늙은 여우와 너구리가 사는 초막'이란 뜻으로 엔도 슈사쿠가 40대를 보낸 가키오 산골 마을(마치다시 다마가와가쿠엔)의 집을 가리킨다. 종교적 문제를 심도 있게 다룬 소설과 달리 느긋하고 유머러스한 에세이를 쓸 때, 그는 자신을 '고리안 산인山人' 또는 '고리안 선생'이라고 자칭했다.

게 중얼거렸다.

그렇게 수고를 끼치면서도 흰둥이처럼 애교도 없고 집지킴이 역할도 하지 못하는 먹보였지만, 어딘가로 사라져버린 지금 쓸쓸하기 그지없다. 벌써 열두 살인 만큼 어쩌면 죽으러 갔는지도 모른다. 그런 일을 곰곰이 생각하고 있자니 이제 막 인생의 가을을 맞은 나와 달리 조금 적막하다는 생각도 든다. 먹보가 자던 개집 위로 부슬부슬 비가 내린다. 하지만 그 출구에서 이제 그가 느릿느릿 나오는 일은 없다. 올해 육친이 한 명 세상을 떠났다. 먹보도 어딘가로 가버렸다. 웬일인지 마당의 밤나무가 시들었다. 감나무도 열매를 맺지 않는다. '이런 해도 있군.' 턱을 괴고 생각한다.

이상한 개의 두 집 살림

이상한 개가 우리 집에 나타났다. 한쪽 눈에 안경을 쓰고 있다. 이렇게 말해도 진짜로 안경을 쓴 건 아니다. 어찌 된 셈인지 한쪽 눈 부분만 검은 털이 둥글게 나 있어 그 탓에 마치 안경을 쓴 것처럼 보인달까. "비슷한 개를 텔레비전에서 본 적이 있어요." 아들이 말했다. 그 이상한 개는 가족들이 주는 빵 부스러기 따위를 받아먹다가 어느새 마음대로 눌러앉았다. 제법 나이가 들었는지 때때로 콜록콜록하고 기침을 해댔다. 개에게도 천식이 있다는 사실을 처음 알았다. 온종일 마당에 엎드려 벌레가 날아다니는 모습을 가만히 바라보는 게 그의 일상이었다. 한쪽 눈에 안경을 쓰고 심각한 얼굴을 한 채 벌레를 쳐다보는 그 얼굴을 들여다보자니 나는 철학자가 떠올랐다. 옛날에 똑같이 심각한 얼굴을 한 개가 집에 들어온 적이 있다. 그 개도 그대로 자리 잡고 살았는데, 나는 그때 그에게 '선생'이라는 이름을 선사했다. 가족들은 이름 짓기도 귀찮았는지 이번 개도 그냥 선생이라고 불렀다.

선생은 아침부터 저녁까지 마당에서 벌레의 비행을 관찰하거나 탐색에 빠지거나 하품을 하거나 잠을 잤다. 그리고 묘하게도 다음 날은 자취를 감추었다가 다음다음 날은 다시 모습을 드러냈다. 어디에 가는지 알 수 없었다. 그런데 아이가 어느 날 놀러 갔다가 뛰어 돌아와서는 선생이 이백 미터쯤 떨어진 남의 집에서 길러지고 있다고 말했다. 그 이야기를 듣고 나는 선배인 우메자키 하루오 씨네 집에서 기르던 카로라는 개의 일이 생각났다. 카로는 월수금은 우메자키 씨의 집에서 머물다가 화목토는 다른 집에서 머물렀다. 즉 두 집에 양다리를 걸치고 있었다. 선생도 우리 집과 다른 집을 왕복하며 양쪽 집에 날을 나눠 생활한 모양이었다. 나는 왠지 모르게 웃음이 났지만, 아내는 "선생

은 절조가 없어!"라며 화를 냈다. 개까지 두 채의 집을
겹치기로 오가야 하다니 정말이지 살아가기 힘든 세상
이 돼버렸다.

인간적인, 너무나 인간적인

결혼 초기, 우리 부부는 도쿄 세타가야의 모퉁이에 살았다. 바로 백 미터쯤 근처에 다마가와전차*가 느릿느릿 달리는 냉이가 난 선로와 작은 역이 있었고, 역 앞에는 작은 상점이 일고여덟 채 국도 한 선을 가운데 끼고 늘어서 있었다. 더운 여름날 어딘가 먼 곳에서 자갈을 실은 트럭이 지나갈 때마다 자욱하게 모래 먼지가 피어올랐다. 트럭 위에는 수건을 목에 두른 인부가 앉

---

*도쿄 시부야의 시부야역과 세타가야의 후타코타마가와역을 잇는 세타가야선의 전신. 1907년 개통된 이래 도쿄 도심을 가로지르는 노면전차로 인기를 끌었지만 1969년 일부 구간을 제외하고 폐지됐다.

아 유행가를 불러댔다. 나는 공부하는 작은 방 창문에서 항상 조금 숨 막히는 이 교외의 풍경을 바라봤다. 그 풍경이 하얀 강바닥처럼 메마른 내 마음과 일치했을 때의 순간을 『바다와 독약』이란 작품의 모두 부분에 썼다. 나는 그 무렵 역시 지쳐 있었다. 결혼한 지 두해도 채 안 됐음에도 소설을 쓰기 위해 자신의 내면을 음미하고 있으면 혓바닥에서 납 같은 맛이 나지 않는 날이 없었다. 피로는, 생각해보면 어제오늘의 일이 아니었다. 아무래도 인간을 보는 눈이며 인생을 처음으로 고민하는 젊은 나이를 전쟁의 한복판에서 보냈기 때문이지 싶다.

그때 공부가 싫증 나면 우리 집 근처를 여기저기 돌아다녔다. 근방에 한 번 와서는 분간할 수 없는 같은 지붕과 같은 형태를 한 샐러리맨의 사택 무리가 늘어서 있었다. 엉성한 죽담, 그저 명색뿐인 작은 마당, 세탁물의 종류까지 죄다 공통된 생활을 드러냈다. 나는 이 단조로운 집들을 밖에서 조망하곤 했다. 일견 꼭 닮은 이들 집도 조금 관찰해보니 그곳에 사는 부부의 결혼 생활이 아주 작은 물건에도 스며들어 있음을 느꼈다. 가령 인생에 지친 부부의 집에는 마당에 떨어진 던

적스러운 옛 신문지 쪼가리며 개집이며 어린아이의 운동화 하나에도 결혼 생활의 피로가 만든 그늘이 흐릿하게 보였다. 나는 그런 집 앞에 이르면 우선 문패를 찬찬히 바라본 뒤 내부에 사는 중년 남자와 그의 아내 얼굴을 마음속에서 그려보고 그들이 주고받는 대화나 목소리를 상상했다. 결코 유쾌한 공상은 아니었다. 불쾌까지는 가지 않았지만 이 공상은 역시 납처럼 맛없을 뿐 맛있지 않았다. 산책에서 돌아와 책을 마주해도 영 마음이 상쾌하지 않았다. 이러한 기분으론 자칫하면 내 결혼 생활까지 음침해지는 건 아닐까 싶었다. 작가의 가정이란 남편 일터가 샐러리맨과 달리 가정에 있는 만치 창작의 괴로움이 당장 가정생활에 비집고 들어간다. 더욱이 아침부터 밤까지 부부가 매일 얼굴을 마주치는 탓에 부부간의 사소한 금이 커다란 구멍으로 벌어진다는 남모르는 결점도 있다. 이 답답한 기분을 때려잡을 방법이 어디 없나 궁리해봤지만 이렇다 할 묘안이 떠오르지 않았다.

어느 날의 일이다. 공부를 하고 있자니 문을 열고 네모진 콧수염을 코밑에 둔 남자가 보퉁이를 들고 들어왔다. 실제로 이 남자의 콧수염은 정사각형 검은 반

창고를 코와 입 사이에 붙인 것처럼 보였다. 나는 빛바랜 양복과 약간 새우등인 몸을 보고 아마 세무서 관계의 사원이지 않을까 생각했다. 그는 "금번에……"라며 굽실굽실 머리를 조아리며 말했다. "근처에 견묘병원을 개업하게 된 구마다라고 합니다." 그러고는 보통이 매듭에 손가락을 갖다 대며 살짝 비굴한 미소를 지은 채 내 얼굴을 쳐다봤다. 그의 사연은 우리 집이 네거리 모퉁이에 있으니 대문 근처에 견묘병원 팻말을 세울 수 있도록 허락해달라는 것. 이 말을 하는 사이 보통이 매듭 틈으로 하얀 종이에 싸인 한됫병이 슬쩍 보이도록 그는 마술사인 양 자꾸 손가락을 움직이며 보통이를 헤집었다. "괜찮습니다." 병을 주시하며 고개를 끄덕였다. 술에 대해서는 게걸스러운 나는 일단 가모츠루나 스이신* 정도의 특급주라고 재빠르게 추리했다. "참으로 불편을 드리는 일이라…… 아주 작은 성의 표시입니다만." 남자는 생긋 웃으며 보자기를 풀고 하얀 종이를 푹 뒤집어쓴 한됫병을 내 눈앞에 내밀더니 몇 번이나 머리를 숙인 뒤 돌아갔다. 한됫병을 한 손에 들고

---

* 일본 히로시마현의 대표 일본술 브랜드들.

아내를 불렀다.

"이봐, 술을 받았어."

"어느 분에게요?"

사정을 설명하던 나는 뭔가 득을 본 기분이었다. "오제키*려나, 스이신이려나." 천천히 하얀 종이를 뜯었다. 하지만 안에서 나온 건 금색 일본주가 아니라 근처에서 파는 싸구려 새까만 간장이었다. "젠장!" 나는 엉겁결에 목소리를 높였다. "사기다, 사기." 사기는 그 간장만이 아니었다. 다음 날, 잠에서 깨어 조간신문을 가지러 대문으로 나갔다. 어느 사이엔가 커다란 팻말이 단단하게 우리 집 대문 앞에 세워져 있었다.

〈개, 고양이 병원, 구마다. 이 오른쪽으로 돌면.〉

그와의 약속으로는 팻말은 '대문 근처'에 놓여 있어야 했지, '대문 앞'은 아니었다. 그런데도 구마다 뭐라는 남자는 바로 문 앞에 팻말을 세웠다. 하긴 그의 입장에서 보면 '대문 앞'도 '대문 근처'임에는 틀림없겠지. 내게는 하는 짓이 오사카성의 외호만 메운다고 말해놓고 내호에까지 흙을 집어넣은 도쿠가와 이에야스

---

*일본 효고현의 대표 청주 브랜드.

의 간계를 연상시켰다. 게다가 개, 고양이를 한자가 아니라 가타카나로 커다랗게 써놓은 문자는 아무리 봐도 품위 없는 취향 그 자체였다. "에이, 에이, 에이, 야" 팻말을 힘껏 흔들어 땅에서 뽑아내려고 최대한 애썼음에도 구마다 수의사는 이미 예상했는지 최대한 땅속 깊이 버팀목을 파묻은 모양이었다. 팻말은 꿈쩍도 하지 않았다. 매일 우리 부부는 이 팻말을 한스럽게 바라봤다. 실제로 팻말 때문에 우리 집이 구마다 견묘병원 그 자체이며 우리 집이 아닌 듯한 기분마저 들었다. "댁이 어떻게 된 거예요?" 출판사의 젊은 편집자 가운데는 얄궂은 웃음을 히쭉거리는 사람도 있었다.

"이거, 아마도 광고료를 받으셨겠죠?"

"말 같잖은 소리!"

"그렇지만 은단 등은 집 벽에 광고를 붙이면 월마다 다액의 광고료를 준다고 하더라고요."

"웃기지 마쇼."

나는 간장병이 떠올라 오만상을 썼다. 피해는 그것만으로 끝나지 않았다. 팻말이 세워진 지 한 달이 채 되지 않을 무렵부터 새끼 고양이나 강아지를 우리 마당에 버리고 가는 사람이 눈에 띄게 많아졌다. "틀림없이 우리 집을 가축병원이라고 착각해……." 아내가 분한 듯 말했다. "주체스러운 강아지를 버리고 가는 거라고요." 밤이 깊도록 일을 하고 있으면 대문 근처에서 킁킁하고 젖을 원하는 강아지 울음소리가 들려온다. 이어 발소리를 죽이고 자리를 떠나는 기미가 느껴진다. 그러면 나는 게다를 신고 두세 마리의 강아지를 살짝 품에 안은 채 그들처럼 발소리를 내지 않고 살금살금 걸어 구마다의 가축병원 앞에다 내려놓은 뒤 쏜살같이 달려 집으로 돌아온다. 이 작업은 일을 중단시킬 뿐만 아니라 어쩐지 도둑이라도 된 양 죄의식을 불러일으키기에 너무 싫었다. 더욱 난처했던 건 병에 걸린 개를 데리고 오는 부인이나 하녀들을 격퇴해야 하는 일이었다.

"우리 집은…… 가축병원이 아닙니다."

"그런데 팻말을 내놨잖아요."

"잘 보세요, 구마다 씨의 병원은 여기에서 오른쪽으로 돌아가라고 적혀 있을 테니까요."

"어머, 진짜네."

'어머, 진짜'라고 말하는 쪽은 괜찮을지도 모르지만, 이러한 덜렁이를 격퇴하는 우리 부부는 견딜 재간

이 없었다. "구마다 씨네 가서 저 팻말 좀 빼서 가져가
라고 하세요." 아내는 더는 참을 수 없는 지경에 이르
렀는지 팻말의 재교섭을 명령했다. 재교섭에 응한 구마
다 수의사는 팻말의 이전을 약속했음에도 도통 지키려
고 하지 않았다. 하는 수 없이 나는 대형 삽으로 땅을
파서 그 밉기 그지없는 물건을 뽑아내 근처 들판으로
전력을 다해 던졌다. 팻말이 사라지자 덜렁이들은 오
지 않았다. 다만 그날부터 이상한 일이 벌어졌다. 이번
에는 들개나 길고양이가 마음대로 우리 집에 놀러 오
기 시작했다. 지금까지도 이 인과관계가 전혀 이해되
지 않는다. 들개나 길고양이들은 대체로 하루나 이틀
쯤 좁고 너저분한 우리 집에 숙박하다가 표연히 종적
을 감췄다. 개중에는 한 달 정도 유유히 체재한 뒤 다
시 방랑 생활로 돌아가기도 했다. 개도 사흘만 기르면
정든다는 말이 있지 않나. 일주일이나 숙박하면 이쪽
도 저녁 잔반을 챙겨주게 된다. 저녁 잔반을 먹게 되면
그쪽도 당분간 이곳을 잠잘 거처로 삼아야겠다는 기
분이 드나 보다.

　4월의 어느 봄날이었다. 나는 기묘한 얼굴을 한 들
개 한 마리가 툇마루 쪽 마당에 엎드려 있는 모습을 발

견했다. 앞다리 위에 기다란 얼굴을 올려놓은 채 나를 봐도 별로 놀라지도 않고 비굴한 교태도 부리지 않았다. 그래도 일단 장소를 빌리고 있다는 인사라도 하려는지 의례적으로 서너 번 꼬리를 흔들었다. 이 개에 흥미가 생긴 건 그의 기묘한 얼굴 때문이었다. 흰색인지 연한 쥐색인지 알 수 없는 얼굴에 오른쪽 눈 주변만 검은 원이 그려져 있었다. 마치 단안경을 걸친 노인처럼 보였다. 실제로 그가 이미 상당한 노년에 접어들었음은 이삼일이 지나자 께느른한 동작이나 때때로 콜록거리는 소리 따위로 알아챘다. 안경을 쓴 그 얼굴은 게이오 대학 시절 철학을 가르쳐주신 모 노선생을 마음에 되살리기에 충분했다. "선생, 저녁밥입니다." 이러면 선생은 천천히 일어나 콜록, 콜록 하고 인간이 천식에 걸린 것처럼 기침을 하며 툇마루까지 다가왔다.

그는 정말이지 선생다웠다. 대낮에 내가 방에서 공부를 하다가 이따금 고개를 들면 선생도 똑같이 마당 한가운데 자리를 잡고 앉아 꼼짝하지 않았다. 몰래 엿보니 그는 자신의 코 주변을 날아다니는 파리나 등에를 바라보며 무언가 명상에 잠긴 듯했다. 한 시간이 지나도 두 시간이 지나도 선생은 같은 장소에서 움직이지 않았다. 저물녘 책상 위 책이 슬슬 잿빛 저녁 안개에 싸이기 시작할 때, 나는 의자에서 일어나 툇마루로 나갔다. 그 기색에 이쪽을 흘끗 돌아다보는 안경 쓴 그의 얼굴은 자못 인생, 아니 견생의 무게를 버텨낸 철학자의 표정을 띠고 있었다. "저 개는 지금까지의 개와는 달라"라고 아내에게 말했다.

"어딘가 현자의 풍격이 있어. 말하자면 속세간을 초월한 덕이 높은 선비의 면모가 있다니까."

"바보 같은 소리!"

모든 주부와 마찬가지로 현실적인 아내는 콧방귀를 뀌었다. "터무니없는 생각 따윈 하지 말고 불이나 켜줘요." 아내는 경멸했지만 나는 그날부터 그에 대해 인식을 새로이 했다. 인생에도 가지각색의 괴로움이 있는 것처럼 견생에도 여러 가지 고뇌가 있으리라. 고독하게 나이 든 이 개는 다른 젊은 응석받이 집개와 달리 이제껏 겪은 괴로움과 쓰라림을 되돌아보며 거기에 의미를 부여하는 연령이 됐을 터. "개가 정말 사물을 헤아린다고 생각해요?"라며 아내는 타박했다. 나는 고개를 가로저으며 항변했다. "개라도 역시 어느 정도는 사물을 헤아린다고 생각해." 개가 얼마만큼 인간적인 심정에 가까운 감정을 가졌느냐, 이것이 식탁에서 이루어지는 우리 부부의 논쟁이었다. 이즈음 돌연 우리의 말다툼에 종지부를 찍는 사건이 일어났다. 어느 날 아침, 아내가 성을 내며 말했다.

"누가 우유를 한 병 훔쳐가는 것 같아요."

"저런."

"그제도, 어제도 우유가 한 병 모자라서 우유 가게에 전화했더니 분명히 넣었다는 거예요. 만약 진짜라면 아침 일찍 우유를 훔치러 오는 사람이 있나 봐요."

나는 타인을 의심하는 일은 그만두는 편이 좋다고 잘난 체하며 교훈을 내렸다. 하지만 이튿날도 문간의 우유 상자에서 우유가 한 병 확실히 사라져 있었다. 이렇게 되면 아무리 나라도 고개를 갸우뚱하지 않을 수 없다. 닷새째 저녁, 나는 철야로 일을 해야만 했다. 마감이 다음 날 아침으로 다가왔기 때문이다. 밤새워 하는 일은 조금 괴롭다. 모두 잠들어 고요해진 집 안에서 글을 쓰며 담배를 몇 대나 피우다가 가끔 자리에서 일어나 냉장고에서 먹을거리를 가져와 입에 넣고는 다시 책상을 마주했다. 조금씩 창이 하얘질 무렵 역 쪽에서 첫 번째 전차의 날카로운 소리가 천천히 들려왔다. 이어 대그락대그락하고 거리를 달리는 우유 가게의 배달부가 찾아왔다. 펜을 내려놓고 그가 이웃집을 거쳐 우리 집 우유 상자에 우유병을 집어넣는 소리를 들었다. '그렇지!' 나는 생각했다. '자, 오늘 아침이야말로 범인을 찾아내주마.' 작업실에서 대문이 바라다보였기에 창문을 열고 차가운 아침 공기를 마시며 가만히 우유 상자 주변을 정찰했다. 신문 배달 소년이 지나갔다. 그 뒤 건너편 식료품점 아주머니가 하품하며 가게 문을 여는 모습이 보였다. 하지만 우리 집 우유 상자에 다가오는 사람 그림자는 하나도 비치지 않았다.

'거봐, 배달부의 잘못은 아니잖아.' 그렇게 고개를 끄덕이며 창문을 닫으려는 참이었다. 아직 아침 안개가 끼어 어스레한 길을 한 마리의 젊디젊은 갈색 개가 이쪽을 향해 열심히 달려왔다. 그는 당연히 우리 집의 선생이 아니었다. 한 번도 우리 집에 체재한 적 없는 개였다. 그는 대문 앞에 멈춰 서서 주위를 두리번거리다가 (그러는 것처럼 나에게는 보였다) 갑자기 우유 상자를 콧등으로 들어 올린 다음 우유 한 병을 입에 물었다. 나는 숨죽인 채 기겁하며 일거수일투족을 지켜봤다. 그는 우유를 바로 마시지 않았다. 새하얀 액체가 든 병을 그대로 입에 물고는 명견 린틴틴*처럼 경쾌한 발걸음으로 아까 온 길을 되돌아갔다. "이봐, 이봐." 옆방에서 아직 잠들어 있는 아내를 불러 깨워 지금 목격한 참으로 이상한 광경을 빠짐없이 이야기했다.

"그 개, 어떤 개? 어떤 색이었어요?"

"갈색이었어. 사슴 비슷한 개였어."

"그럼 쌀가게 옆집에서 기르는 개인데. 내가 담판을 짓고 올게요."

"그만둬, 그만둬. 한 병쯤은 개에게 줘도 좋잖아."

하지만 아내로선 매일 아침 어딘가의 개에게 아침밥인 우유를 한 병씩 도둑맞는 일은 아무래도 화가 치밀어 참을 수 없는 모양이었다. 그런데 그날 밤, 그녀는 여느 때와 다르게 풀이 죽은 얼굴로 젓가락질을 했다.

"무슨 일 있어?"

"있잖아요, 그 우유를 도둑질한 개요."

"어."

"나, 감동했어요."

---

*1950년대 말 기병대를 소재로 한 미국 드라마 「The Adventures Of Rin Tin Tin」에 나온 충견. 국내에선 「용감한 린티」이란 제목으로 방영됐다.

아내가 오늘 쌀가게 주인한테 들은 이야기는 이러했다. 쌀가게 옆집에는 개 두 마리를 기른다. 한 마리는 어미 개, 다른 한 마리는 그녀의 자식. 어미 개는 이 주일 정도 전에 트럭에 치여 다리를 다치는 바람에 지금은 몸져누워 하루하루 여위어만 간다. 그런데 요사이 자식 개가 아침마다 우유병을 물고 와 병든 어미에게 마시도록 주고 있다. "자식 개가 우리 집 우유를 훔치러 온 거예요. 근처 집들 우유는 손대지 않고 조금 떨어진 집의 우유를 가져가다니…… 머리가 참 좋지 않아요?" 어느새 아내는 우유 도둑을 칭찬하는 말투였다. "개 주제에 참 기특하죠? 병든 어미를 위해 우유를 매일 아침 운반하다니." 나도 이야기를 듣고 감동까지는 아니더라도 동물 역시 친자의 정은 있구나 하고 마음속 깊이 느꼈다.

"거봐, 개라고 할지라도 인간에 가까운 심정을 갖고 있다고. 당신은 선생을 항상 업신여기지만."

"그러네요."

"그가 유덕한 선비임을 새삼 깨닫네그려."

과연 아내는 말대답도 하지 못한 채 잠자코 생각에 잠겼다. 선생은 우리의 기대에 답하듯 매일 유유히 마당 한가운데 앉아 조용한 그리고 깊은 명상에 빠져 지냈다. 그런데 어느 날 식사를 하러 툇마루에 다가오는 그가 한쪽 다리를 질질 끌며 걷는 게 아닌가. "어찌된 일이야?" 게다를 신고 마당에 나가 발을 살펴봐도 상처다운 상처는 보이지 않았다. "나이가 들었으니 신경통에 걸린 거 아닐까요?" 아내가 말했다.

"이발소 할아버지도 신경통으로 다리를 질질 끌며 걷잖아요?"

"으음, 천식에 류머티즘까지, 개의 노년도 편안하지 않네그려."

하루하루 그의 발 상태는 심해졌다. 노철학자다운 풍모를 지닌 만큼 그 모습을 보기가 괴로웠다. "그래, 구마다 견묘병원에 데리고 가봐야겠어." 팻말 사건 이후 우리 둘의 사이는 도무지 좋아지지 않았지만 형편이 형편이니 어쩔 수 없었다. 나는 가까운 술 가게에서 간장병을 사서 하얀 종이에 싼 다음 선생을 데리고 병원을 찾았다. 네모진 콧수염을 기른 구마다 수의사는 나를 보자 경멸인지 야유인지 모를 조소를 홀쭉한 볼에 지었다. "무슨 일이신가요?" 이런 수의사가 하는 병원에도 애견을 진찰받으러 오는 손님이 있었다. 뒤편에서 컁컁, 멍멍 짖는 동물의 울음소리가 들려왔다. "흠, 흠, 흠." 내 설명을 들으며 백의 입은 수의사는 선생의 얼굴을 지그시 바라봤다. "자, 진찰할 테니 당신은 여기서 기다리세요." 앉아서 담배를 피우는 동안에도 고양이를 품에 안은 아주머니나 강아지를 끌고 오는 부인이 문을 열고 연달아 진찰을 받으러 왔다. 삼십 분쯤 기다리고 있자니 드디어 구마다 수의사가 얼굴을 내밀었다. "잠깐 이리로 와 주세요." 복도로 부른 그는 또다시 빈정거리는 미소로 뺨을 씰기죽거리며 말했다.

"그러니까, 화류병입니다."

"이런, 어이없는."

개에게도 화류병이 있다는 사실이 믿어지지 않았을 뿐만 아니라 덕이 높은 선비인 선생이 불결한 병에 걸렸다고는 도저히 생각할 수 없었다.

"어이없다고 해도 저건 화류병이 분명하니 어쩔 수 없네요."

"하지만 선생은…… 아니, 저 개는."

"개는 자신을 기르는 주인과 닮는다죠."

나는 선생을 데리고 구마다 견묘병원을 도망치듯 나와 집으로 돌아왔다. 아내에게 이 노철학자의 풍모를 지닌 노견이 그런 병에 걸렸다는 사실을 그저 숨길 수밖에 없었다. 그렇다고 해도 그를 향한 나의 경애의 마음은 변하지 않았지만. 인간적인, 너무나 인간적인 선생은 구마다 수의사의 치료를 받았음에도 불구하고 또다시 다리를 절름거렸다. 나는 이듬해 새로운 집으로 이사했다. 요즘 생각한다. 조금 괴로웠던 내 마음을 그리고 납 같은 맛이 나던 매일의 생활을 개들이 위로해줬음을. 지금 집에서는 한 마리의 개, 한 마리의 고양이, 열두 마리의 작은 새, 스물네 마리의 금붕어를 기르고 있다.

II 고양이는 흥미로워

아시나요? 고양이 집회

흔히 사람은 고양이파와 강아지파로 확연히 나뉜다고
들 하는데, 나처럼 개도 좋아하고 고양이도 좋아하는
흑백이 분명하지 않은 애매한 자도 존재한다. 내가 이
렇게 동물을 좋아하는 이유는 적극적으로 몸을 쓰는
일에 서툴기 때문이리라. 몸소 운동을 하기보단 남이
하는 모습을 보는 편이 좋다. 의사로부터 만보기를 건
네받으며 "걸으세요"란 말을 들어도 제 발로 움직이기
귀찮아 매일 아침 마사지 기계 위에 양발을 올려놓고
발바닥에 자극을 주며 '걸은 셈' 치는 형편이다. 동물
을 사랑하는 내 심리의 한 부분에는 동물이 문자 그대

로 '움직이는 사물'인 점이 있다. 스스로 움직이지 않아도 눈앞에서 개가 뛰어다니고 고양이가 나무에 기어오른다. 나는 그들이 이 세계에서 나를 대신해 '움직이고 있다'고 생각한다. 그래서 개 군과 고양이 군을 사랑한다. 나와 고양이의 공통점은 오직 한 가지, 대낮부터 꾸벅꾸벅 졸고 있다는 정도랄까.

요사이 고양이 수필을 두세 권 닥치는 대로 읽다가 여러 가지 미지의 사실을 알고 깜짝 놀라거나 '저런' 그랬구나 싶었다. 이를테면 고양이는 귀가한 주인 발에 달라붙어 얼굴을 비벼댄다. 나도 그런 경험이 몇 번 있다. 그걸 우정의 표현으로 여겼건만, 고양이 학자의 책에 따르면 그보단 주인 발에 제 얼굴에서 나오는 분비액을 묻혀 "이 녀석은 내 것"이라고 선언하는 행위란다. 고양이가 하루에 몇 번쯤 외출하려는 것도 꼭 바깥 공기를 마시고 싶어서가 아니라 자신의 분비액을 발라놓은 담이나 나무에 찾아가서 냄새가 옅어지지 않았는지 알아보기 위해서라고. 즉 분비액 냄새가 나는 영역은 그 고양이의 소유지이기에 영주님이 순찰을 돌듯자신의 땅을 누가 침범했는지 어떤지를 확인하러 하루에 몇 번씩 밖에 나간다는 설명이다.

이런 사실을 고양이 학자나 애묘인이 쓴 책에서 읽었다. 그중 지금까지 몰랐다가 '그래서 그랬구나'라고 생각한 건 고양이가 밤이면 집회를 연다는 이야기였다. 그러고 보니 늦은 밤 집으로 돌아오는 길에 근처 공터 등지에서 고양이 몇 마리가 모여 특별히 뭘 하지도 않은 채 앉아 있거나 엎드려 있는 광경을 여러 번 목격했다. 그땐 길고양이들 모임이려니 하고 넘겼는데, 책에서 고양이 집회임을 알고 '어쩜!' 감탄했다. 집회인 이상 뭔가 목적이 있거나 토론을 하느냐 하면 아무래도 그건 아닌 듯하다. 어느 책에도 이 집회의 목적이나 의미에 대해 명쾌한 답을 내놓지 않았다. 대체로 그저 모여 늘 자신이 앉는 자리에 앉거나 드러누워 있다가 이윽고 해산한다. 굳이 말하자면 '친목회' 같은 행사랄까. 그런데 이 친목회가 어김없이 열리는 걸 보면 고양이에게 있어 빼먹어서는 안 되는 필연적 집단의식 가운데 하나이지 싶다. 말을 입 밖으로 내지는 않지만 인간은 알 수 없는 교류 방법으로 동료 의식과 자신의 정체성을 그 순간 서로 확인하는지도 모른다.

기특한 고양이 아내

도쿄 시부야의 연립주택에 살 때, 고양이를 한 마리 길렀다. 암고양이로 온몸이 새까맸다. 그런데 말이죠, 이 암고양이한테는 남편이 있었답니다. 옆 미장이 집에 머물던 길고양이로 저게 고양이야 할 만큼 밉살스럽게 살이 찐 데다 털도 잘난 척 좌우로 꼿꼿이 솟구쳐 있었다. 그리고 사람이 나타나도 힐끗 쳐다볼 뿐 '야옹' 또는 '냐옹' 하고 울지 않았다. 건방지다고 해야 할지, 오만하다고 해야 할지. 그 주제에 몹시 게을러터져서 쥐 한 마리조차 잡는 일이 없었다. 온종일 미장이 집의 함석지붕 그늘진 곳에 눌러앉아 잠만 잤다. 그런 남편 고양이를 씩씩하고 부지런한 검은 고양이 아내(우리 집 고양이)는 갸륵할 정도로 섬겼다.

저녁때쯤 접시 안에 도미 대가리며 조미료를 듬뿍 친 국밥(당시 나는 식사만은 사치를 부렸다)을 넣어줘도 그녀는 결코 먼저 먹지 않았다. 밖으로 나가 석양볕이 쨍 비치는 옆집 함석지붕 쪽을 바라보며 안타깝고 애처로운 목소리를 낼 뿐이었다. "먀우, 묘, 뇨우…… 뇨우." 이 고양이어를 인간어로 번역하면 '먀우'는 '여보', '묘'는 '오라', '뇨우뇨우'는 '빨리빨리'라는 뜻(고양이어는 쓰다 요네키치 박사의 『묘어 인어 사전』에 의함)이니 "여보, 오세요. 빨리빨리, 식사예요"라고 해석해도 거의 정답이리라. 그런데 부인의 헌신적이고 갸륵한 목소리를 들은 남편 고양이는 고맙다는 말 한마디 없이 "아, 아~, 앗" 하며 등을 펴고 기지개를 켠 다음 앞발로 함석지붕을 득득 긁고는 젠체하며 느릿느릿 땅 위로 내려왔다. 이어 자기는 쥐 한 마리 잡지 않으면서 우리 집 부엌에 당당히 들어앉아 아내의 밥을 한 입 두 입 먹다가 "묘~('맛없다'는 뜻)"라고 으르렁거렸다. 그러면 옆에 조그맣게 웅크리고 있던 아내는 "뮤~, 뮤~('죄송합니다'라는 뜻)"라고 가냘프고 애처롭게 울며 미안해했다.

가엾은 암고양이의 최후

그 광경을, 나는 매일매일 저녁나절에 보며 감동했다. 고양이라도 아내는 남편을 위해 이렇게까지 애쓰는구나. 부도^{婦道}를 지키고 절개를 지키다니. 훌륭하도다, 장하도다. 그런데 남편 고양이의 횡포는 무엇이란 말인가. 인간 남편일지라도 저토록 터무니없이 제멋대로 아내를 대하지는 않는다. 여러분도 아내에게 저런 거드름을 피우지는 않을 게다. 아내가 모처럼 만들어준 저녁을 한두 숟갈 뜨고 나서 "맛없어" 하고 내뱉듯 말하는가. 그런 남편은 우리들 사이에는 단연코 없다고 생각한다. 나는 마음이 불끈불끈해져 우리 집 고양이를 위해 남편 고양이에게 호통을 쳤다.

"멍청한 놈, 건방진 놈. 너의 저녁 식비를 벌려고
『고리안 한담』 같은 심혈을 기울인 문장을 쓰는 게 아
니라고, 이 바보 자식아!"

아마 나의 일본어, 아니 인간 언어는 남편 고양이
에게는 이해받지 못했을 터. 하지만 날카로운 말투와
박력 넘치는 분노는 상대에게 통했을 게 틀림없다. 그
런데도 남편 고양이는 "니~('흥, 뭐라고 지껄이는 거야'라
는 뜻)" 하고 조금 이빨을 드러내며 을러대고는 부엌문
틈새로 유유히 걸어 사라졌다. 아내인 검은 고양이는
그 모습을 떨며 지켜봤다. 불쌍하게도 그녀는 남편과
주인 사이에 끼여 이러지도 저러지도 못했다. 주인을
따르자니 남편을 거스르고 남편을 따르자니 주인을 거
스르는 상황에서 가련한 눈빛으로 나를 지그시 바라
봤다. "주인님, 죄송합니다. 우리 집 양반이 저래도 천
성은 착하답니다. 다만 좀 방자할 뿐이니…… 부디 용
서해주시길 바랍니다"라고 말하는 것처럼. 나는 연민
의 정에 사로잡혀 "사람도 그렇지만 고양이도 나쁜 남
편을 만나면 고생하는군" 하고 엉겁결에 중얼거렸다.

우리 집 검은 고양이는 정말 훌륭했다. 이렇게 말

하는 이유는 그로부터 일 년 뒤 도쿄의 소음을 견디기 어려워 이곳 가키오 산골 마을로 이사했을 때, 내가 아니라 그 보잘것없는 남편에게 지조를 지켰기 때문이다. 그녀는 짐을 실은 작은 트럭에서 뛰어내려 쏜살같이 달아나버렸다. 어디로 갈지 짐작이 갔다. 남편 고양이가 있는 곳. 그리고 어떻게 됐느냐. 내가 사라진 빈집에서 혼자 살았다. 남편 고양이는 변함없이 함석지붕 그늘진 곳에서 늘쩡늘쩡 잠만 잘 뿐 아내를 위해 움직일 녀석이 아니었기에 그녀는 점점 여위었다(이웃 사람의 편지에 따르면). 그래도 무능한 남편을 버리지 않았다. "태풍이 오는 날에 비를 맞아 흠뻑 젖거나 야윈 몸으로 근처 쓰레기통을 뒤지고 다니는 모습을 봤습니다만, 언젠가부터 안 보이는가 싶더니 용수지에 그녀의 사체가 떠 있었습니다." 이웃 사람이 이렇게 써서 보냈다. 남편 고양이 쪽은 슬픈 기색 하나 없이 여전히 함석지붕에서 낮잠을 즐기고 있다고. 그 편지를 읽고 나는 말로 표현할 수 없을 만큼 감동했다. 인간 남자와 여자의 관계도 결국 이렇지 않을까.

Ⅲ 원숭이는 연인

새빨간 얼굴의 원숭이는……

나는 선천적으로 동물을 몹시 좋아한다. 하지만 가족이 절대로 기르는 것을 허락하지 않는 동물이 원숭이다. 지금 우리 집에는 개 세 마리 외에도 구관조며 여러 동물이 있지만, 원숭이만은 아무리 해도 기를 수가 없다. 일단 원숭이란 동물은 대소변 습관이 나쁘다. 희로애락의 감정을 느낄 때마다 대소변을 아무데서나 갈겨버린다. 지인 중에 하자마 나오노스케* 선생이라고,

---

*하자마 나오노스케間直之助(1899~1982) 일본의 동물학자. 교토대학 교수로 재직하며 『원숭이가 된 남자サルになった男』 등 원숭이 관련 저서를 발표했다.

벌써 십 년 가까이 히에이산의 원숭이 생태를 연구하는 동물학자가 있다. 매일매일 배낭을 짊어지고 원숭이에게 먹이를 주러 산을 오르는 선생의 모습에 감동한 나는 교토에 있는 그의 집을 방문한 적이 있다. 그때 히에이산의 드라이브웨이에 이따금 원숭이가 자태를 드러내긴 하는데, 그런 원숭이는 거드름을 피우기에 진짜 생태를 알 수 없다고 알려줬다.

그래서 어느 날, 나는 하자마 선생을 따라 산속에 들어갔다. 눈이 오는 추운 날이었음에도 원숭이의 진정한 습성을 보기 위해 산속 깊숙한 곳까지. 이런 곳에 정말로 원숭이가 있을까 생각할 만큼 깊은 골짜기에서 선생이 돌연 타잔처럼 "아, 아"라고 소리를 질렀다. 그러자 어, 어 하는 사이 이곳저곳에서 원숭이가 나타났다. 새끼를 등에 업거나 품에 안은 주부 원숭이들이 맨 먼저 달려왔다. 그 뒤로 청년 원숭이들이 따라왔다. 옆에는 단주로*의 얼굴을 한 두목 원숭이가 꼼짝

---

*이치카와 단주로市川團十郎(1660~1704) 에도 시대에 등장한 가부키의 원조 배우. 용맹스러운 착한 남자를 연기하며 인기를 끌었고 이후 그의 집안은 일본 가부키의 명가로 자리매김했다.

않고 우리는 바라봤다. 일률적으로 원숭이 무리라고 해도 구성원은 여러 유형이었다. 이후 원숭이에게 각별한 관심이 생긴 나는 하자마 선생으로부터 원숭이와 얽힌 갖가지 이야기를 들었다. 이를테면 지금까지 두목으로 뽑힌 원숭이가 가장 힘이 세고 머리가 좋은 녀석이리라 생각했는데, 실제는 그렇지 않았다. 두목이라는 자리는 주부 원숭이의 지지 없이는 절대로 될 수 없다. 당대 두목이 병에 걸려 후계자를 골라야 할 때, 어릴 적부터 주부 원숭이들을 잘 보살핀 녀석이 그녀들의 지지를 받아 두목에 오르는 식이다. 두목이 된 원숭이는 꼬리를 꼿꼿이 세워 힘을 과시한다. 동물원의 원숭이 동산에서도 주의해 살펴보면 반드시 꼬리를 세운 놈이 한 마리 있을 터. 이 행위는 "내가 제일 강하거든"이란 신호다. 만약 두목이 없으면 두 번째로 강한 놈이 꼬리를 팽팽히 세운다. 두목 원숭이는 어떠한 이득이 있느냐 하면 먹이를 가장 먼저 먹을 수 있고 자신이 좋아하는 암컷 원숭이를 독점할 수 있다.

두목 원숭이와 반대로 아주 글러먹은 원숭이도 존재한다. 글러먹은 원숭이란 두목도, 부두목도, 부부두목도 아무것도 되지 못하는 원숭이다. 참으로 보잘것없

는 원숭이로 언제나 무리 밖에서 쓸쓸히 힘없이 살아
간다. 인간이 애처로워 던져준 먹이를 글러먹은 원숭
이가 먹으려고 할라치면 다른 원숭이가 달려와서 멀리
내쫓는다. 가혹할 만큼 글러먹은 원숭이는 불쌍하다.
말라빠져서 자기 몸 하나 제대로 지키지 못하는 신세
이기에 무리가 이동하면 뒤에서 어슬렁어슬렁 따라갈
뿐이다. 그리고 제 홀로 행동하는 원숭이도 있다. 무리
에서 빠져나와 여행을 떠나는 이 녀석은 말하자면 몬
지로* 같다. 정말 다양한 성격의 원숭이가 존재하니 인
간 생활과 제법 닮은 구석이 있지 싶다.

　참, 동물원의 원숭이 동산에서 원숭이가 다른 원
숭이 위로 불쑥 뛰어오르는 모습을, 당신은 본 적이 없
나요? 이건 마운팅이라고 해서 '내가 너보다 세다'는
걸 드러내는 행위. 다만 가끔 "어서 올라타"라고 말하
듯 강한 원숭이가 약한 원숭이에게 등을 들이대기도
한다. 무언가 꿍꿍이가 있을 때, "네가 감추고 있는 먹
이를 내놔" 따위의 뜻으로 그러는 모양이다. 약한 원숭

──────

*사사자와 사호笹沢左保(1930~2002)의 역사소설 『고가라시 몬지로木枯し紋次郎』
의 주인공. 가난한 집에서 태어난 몬지로는 열 살 무렵 집을 나와 도박꾼이 되
어 전국을 유랑한다.

이를 등에 태우는 대가로 숨겨둔 먹이를 받는다니 꽤 재미있다.

하자마 선생의 말에 따르면 인간이 먹이를 챙겨주면서 원숭이 무리에 점점 변화가 일어나는 중이다. 우선 나무에 올라가 망을 보며 위험을 알리는 파수꾼 원숭이가 사라지고 있다. 또 간단히 먹이가 손에 들어오기에 다들 움직일 의욕을 잃고 있다. 지금껏 늘 무리 바깥에서 무리를 지켜온 젊은 원숭이들까지 죄다 늘쩡늘쩡해져 이리저리 놀러 다닌단다. 요컨대 롯폰기나 아카사카에서 놀며 지내는 젊은이들 같달까. 심지어 주부 원숭이는 젊은 원숭이에게 꼬리 치며 유혹하기도. 요사이 단지처*의 바람피운 이야기가 주간지에 곧잘 나오는데, 원숭이 쪽도 젊은 원숭이와 주부 원숭이가 한데 엉키어 노는 등 옛 통제와 질서가 차츰 무너지고 있다. 그나마 예전 두목은 동료가 위기에 빠지면 자신의 몸을 바쳐 지킬 정도의 기력이 있었지만, 요즘은

---

*주택단지라는 안락한 생활환경에서 늦게 귀가하는 남편을 기다리며 단조로운 일상을 보내는 중산층 가정주부를 가리킨다. 영화사 닛카쓰의 첫 로망 포르노 「단지처: 오후의 정사団地妻 昼下がりの情事」(1971)에서 처음 등장한 후 다양한 작품 속에서 남편이 없는 틈을 타 불륜을 저지르는 역할로 활용됐다.

그런 통제력도 사라져 주부 원숭이와 젊은 원숭이가 같이 놀아도 어찌하지 못한다. 인간 세상에 변화가 찾아온 것처럼 원숭이의 시대에도 변화가 찾아오나 보다.

원숭이는 항상 연애하지 않는다. 발정기란 것이 있고 그땐 얼굴이 새빨개진다. 암컷 원숭이의 얼굴이 새빨갛지 않으면 두목 원숭이조차 구애하지 않는다. 인간뿐이구나, 아무데나 아무때나 연애하는 생물은. 인간에게도 원숭이처럼 발정기가 있다면 어떨까? 이 글을 읽는 아가씨들이 얼굴을 새빨갛게 하고…… 따위를 생각하면…… 무척 유쾌하…… 이런, 참으로 실례했습니다.

원숭이의 로맨티시즘

화창한 설날, 방을 따뜻하게 하고 천천히 아주 천천히 연하장 다발을 본다. 이 일이 내게 있어 무엇보다 정월다운 즐거움이다. 저녁나절 하나부사야마의 작업실에 들러 연말부터 읽고 있는 다치바나 다카시의 『원숭이학의 현재』를 펼친다. 일본의 원숭이학은 세계에서도 일류다. 그만큼 다치바나 씨가 대담한 원숭이학의 연구가들은 저마다 실로 충격적인 이야기를 늘어놓는다. 흠뻑 빠져 정신없이 읽다 보니 밖은 어느새 새까맣다.

내가 존경하는 하자마 나오노스케 선생은 소년 시절에 발음이 부자유스러운 시기가 있었다. 그 탓에 이웃 아이들과 어울려 놀지 못했다. 하는 수 없이 개나 고양이를 친구 삼아 지냈고 이를 계기로 점차 동물에 흥미를 느꼈다. 도쿄대학 동물학과에 진학한 것도, 더욱이 교토대학 심리학과에 입학한 것도 소년 시절의 추억이 원점이었다. 하자마 선생의 이런 로맨티시즘이 나는 좋았다. 선생에게 도움을 받아 원숭이학을 공부하는 남자가 주인공인 『그가 살아가는 방법』이란 소설을 쓴 이유다. 취재하러 하자마 선생과 함께 히에이산에 올랐을 때였다. 마침 바람에 실려 가랑눈이 흩날리는 날로 선생이 짊어진 커다란 배낭에는 원숭이에게 줄 땅콩이 한가득이었다. 산속에 들어왔지만 내 눈에는 한 마리의 원숭이조차 보이지 않았다. 갑자기 하자마 선생이 멈춰 섰다. "아~, 아~, 아~" 하고 선생이 타잔처럼 산골짜기를 향해 소리치자 눈 깜박할 사이에 원숭이 무리가 수풀이며 비탈면 떨기나무들 틈에서 나타났다. 그리고 깜짝 놀란 나를 한 마리의 큰 원숭이가 바위 위에서 불쾌하다는 듯이 쳐다봤다. "저 원숭이가 두목입니다. 오늘은 자기가 모르는 당신이 와서 그런지 기분이 언짢네요." 하자마 선생은 땅콩을 던지면서 원숭이 무리의 구성이나 두목 이야기, 무리에서 벗어난 외톨이 원숭이 이야기를 들려줬다. 나는 물었다.

"어렸을 때 말하는 게 부자유지 않았으면 선생님은 지금처럼 원숭이학과 인연을 맺지 않았을지도 모르겠네요."

"그랬을 거라고 생각합니다."

진지하게 고개를 끄덕이던 하자마 선생. 탁상 위 불을 켜고 다치바나 씨의 『원숭이학의 현재』를 읽으면서 이미 세상을 뜬 하자마 선생을 잠시 회상했다. 도움을 주신 소설의 문고본에 이례적으로 '후기'까지 써주셨더랬다. 나이가 듦에 따라 나는 인생에 무의미한 일은 아무것도 없다고 생각하게 됐다. 소년 시절 말더듬이가 아니었다면 하자마 선생은 생애를 원숭이학에 바치지 않았으리라. 말더듬이는 선생의 인생 탐구에 있어 모든 출발점이었다. 선생의 의지만으로 그리된 게 아니라 눈에 안 보이는 강한 힘이 선생을 그 방향으로 향하도록 한 게 아닐까. 수년 전, 나는 어느 여자 중학생의 작문을 읽었다. 그 여자아이의 남동생은 지적장애가 있었다. "소학생일 때 저는 남동생의 장애를 슬프게만 여겼습니다. 하지만 지금은 조금 다릅니다. 남동생이 있기 때문에 우리 집은 아버지도 어머니도 여동생들도 모두 서로 도우며 살고 있습니다. 이젠 '남동생이 있어야만'이라고 생각합니다." 이 작문을 읽고 나서도 같은 기분을 느꼈다. 물론 이 작문만으로 그 여자아이의 가정이 겪는 고생을 완벽히 이해했다고는 생각지 않는다. 다만 깊은 의미가 거기에 있다는 사실은 분명하다. 원숭이학은 연구가 진전함에 따라 미처 알지 못했던 일이 꼬리에 꼬리를 물고 나오는 모양이다. 나도 나이를 먹어감에 따라 인생이나 인간에 관해 모르겠는 일이 더 많아진다. 그 덕에 소설가로서 인생을 에워싼, 눈에는 보이지 않는 깊은 움직임을 한층 더 느낀다.

원숭이가 나에게로 왔다

맑은 가을날이 이어진다. 마당은 슬슬 낙엽으로 뒤덮인다. 못가에도 마른 잎이 흩날리고 잉어들이 여름처럼 세차게 돌아다니지 않는다. 날카로운 소리를 내며 이파리가 줄어든 마당의 수풀에서 작은 새가 날아간다. 나는 변함없이 손으로 턱을 괴고 무료를 푸념한다. 그때 재미있는 사건이 일어났다. 다카하시 씨라고 전부터 알던 사람으로부터 전화가 걸려온 것. "참으로 기묘하고 유쾌한 것을 데리고 지금부터 찾아뵈려고 합니다만……" 다카하시 씨는 시부야의 도요코백화점 옥상에서 작은 새와 동물을 판매하는 사람으로, 우메자키 하루오 씨의 소개로 알게 됐다. 동물을 끔찍이 좋아하는 그의 가게에는 「요람의 노래」*를 전부 부른다는 앵무새도 있고 짧은 속요를 읊조리는 구관조도 있다. 삼년 전엔 돌연 우리 집에 주둥이가 커다란 새까만 새를 가져오기도 했다.

나는 그때껏 이런 기묘한 얼굴을 한 새를 알지 못했다. 그 새는 속눈썹이 있었다. 다카하시 씨의 말에 따르면 코뿔새라고 해서 일본인 선원이 남국에서 배에 싣고 들여왔다. 일본인 선원은 머지않아 코뿔새를 자신이 늘 다니던 술집 마담에게 넘겨줬고, 술집 마담은 잠시 맡아 기르다가 다카하시 씨에게 팔아넘겼다. "당분간 이 녀석을 여기에 둘게요. 뭐든지 잘 먹는답니다." 이렇게 말하고 그는 돌아갔다. 코뿔새는 커다란 눈으로 나를 쳐다보며 내가 냅다 던져주는 사과 쪼가리를 능숙하게 부리로 받아냈다. 먼 남쪽에서 건너온 그 녀석의 운명에 동정이 갔다. 다시 다카하시 씨가 데리고 돌아갈 때까지 코뿔새는 나의 무료, 나의 고독을 무척

이나 달래줬다. 그런 추억이 있는 그에게 "기묘하고 유쾌한 것을 데리고……"란 말을 들으니 도대체 뭐가 등장하려나 싶어 호기심에 좀이 쑤셨다. 오후, 초인종이 울렸다. 부리나케 현관문을 열자 다카하시 씨의 손에 이끌려 서너 살 정도의 어린아이 같은, 눈이 커다란 원숭이가 서 있다. 팔다리가 몹시 길다. "이야!" 나는 엉겁결에 외쳤다.

"원숭이 아닌가요?"

"네, 긴팔원숭이입니다."

긴팔원숭이는 유치원에 처음 간 아이처럼 두리번대면서 내 서재에 들어왔다. "어때요? 일주일이든 일년이든 길러보지 않을래요?" 나는 침을 꿀꺽 삼켰다. 뭔가 먹고 싶었던 건 아니다. 기르고 싶었을 뿐이지. 그런데 우리 가족은 나를 빼곤 모두 동물을 좋아하지 않는다. 그들을 살살 달래가며 개 세 마리, 고양이 한 마리, 작은 새 몇 마리를 겨우 기르는 처지에 냉큼 그러겠다고 할 수는 없었다. 결국 이삼일만 맡기로 했다. 이름은 톰. 마당에 있는 나무에 기다란 쇠사슬로 묶어 내버려두니 나무에 올라 가지를 흔드는 등 활발하기 짝이 없다. 내일은 이 녀석, 어떻게 되려나.

왠지 원숭이는 내게 반해버린다

어젯밤, 외출했다가 원숭이가 걱정돼 집에 전화해보니 밤이 되자 난폭해져서는 나무를 뒤흔들고 집사람이 다 가가면 이빨을 드러내고 화를 낸단다. 서둘러 볼일을 끝내고 고리안으로 돌아갔더니 원숭이 녀석이 나를 보고 반갑게 안긴다. 요컨대 내가 없어서 외로움에 날뛴 게다. "이럴 순 없어요." 돌변한 원숭이의 태도에 가족들은 놀랐지만, 나는 왜인지 원숭이에게 인기가 있다. 내게 달려들어 안긴 원숭이는 줄곧 손을 잡은 채 밤새 곁에서 떨어지려고 하지 않았다. 목을 쓰다듬었더니 마음에 들었는지 계속하라는 동작을 자꾸 취했고 도망치려고 하면 '끼끼!' 하고 울어댔다. 하는 수 없이 새벽 두 시까지 그 녀석과 얼굴을 맞대고 있었다. 하지만 온 가족이 원숭이를 향해 불만을 쏟아내며 꼭 돌려주라고 말하니 가여워도 돌려줄 수밖에.

덕분에 오늘은 수면 부족. 저녁때까지 집필. 그다음 도쿄에 나가 B 학원에서 여느 때처럼 영어 레슨. 꽤 고되지만 제법 즐겁다. 끝나고 근처 레스토랑에서 부랴부랴 저녁밥을 먹고 신주쿠로 달려가 댄스 연습. 11월 중순에 강습회 파티가 열리기에 오늘도 특훈 또 특훈이다. 어깨로 식식 숨을 쉬며 두 시간 꽉꽉 채워 온몸에 흠뻑 땀을 흘린다. 강습회를 위한 파트너 편성에서 형편없는 실력인 나는 능숙한 사람과 한 조가 됐다. W 씨라는 사람으로 내심 좋아서 싱글벙글. 전신에 상쾌한 피로를 느끼며 연습한 뒤 다 같이 신주쿠에 가서 술을 마셨다. 원숭이가 마음에 걸려 집에 전화를 넣어보니 녀석이 현관 가운데 팔짱을 낀 채 맥없이 앉아 있는 모양이었다. 그걸 안 순간 취기가 가시는 기분이었다. 모두에게 미안했지만 이쯤에서 돌아가기로 했다. "나, 먼저 일어날게"라고 말하자 동료들이 "엔도 씨, 원숭이랑 우리 인간 가운데 어느 쪽이 중요해요?"라고 야단쳤다. 그렇게 고리안에 돌아오니 원숭이가 애처롭게 나를 보며 입술을 떨었다. 아무래도 안 되겠군, 역시 다카하시 씨에게 돌려줘야지.

원숭이와의 슬픈 추억

백화점에서 원숭이를 받았지만 나는 가족의 맹렬한
반대에 부딪혀 풀이 죽은 채 백화점에 돌려준 남자다.
왜 가족들이 동물을 싫어하는지 정말 모르겠다. 어린
시절 만주 다롄에 살 때 양친으로부터 검둥이란 개를
한 마리 받아 고이고이 길렀던 나로선. 봄, 다롄의 도로
를 뒤덮는 아카시아 꽃 사이를 책가방을 메고 등교할
때면 검둥이는 학교까지 따라왔다. 내가 수업받는 동
안 교정에 드러누워 있다가 집으로 돌아갈 때면 그도
일어나 느릿느릿 뒤에서 쫓아왔다. 나는 지금 스물다섯
의 생명을 부양하고 있다. 스물다섯의 생명이 이 늙은

어깨에 걸려 있는 셈이다. 내가 만약 일을 하지 않으면 모두 굶어 죽는다. 스물다섯의 생명이란 개 세 마리, 구관조 한 마리, 인간 가족 네 명 그리고 송사리 열 마리, 잉어 외에 일곱 마리다. 이 스물다섯의 소중한 생명을 먹여 살리기 위해 오늘도 고리안 선생은 재미없는 얼굴을 하고 책상 앞에 앉아 있답니다.

내가 원숭이를 기르자고 생각한 건, 하자마 선생의 영향이 컸다. 이렇게 쓰면 하자마 선생에게 누가 되려나. 왜냐하면 영향을 받았다고 해도 선생을 직접 뵌 건 두 번뿐이니. 하자마 선생은 교토대학 연구소에 소속된 학자로 매일 배낭에 땅콩을 넣고 히에이산에 올랐다. 그 지역에서 선생의 얼굴을 모르는 사람은 한 명도 없지 싶다. 비가 오나 눈이 오나 늘 산에 올랐으니까. 요사이 원숭이에게 먹이를 챙겨주며 관광객에게 보여주는 곳이 많아졌다. 히에이산의 포장도로 부근에도 원숭이가 나타나서 먹이를 달라고 조른다. 하자마 선생 왈, "그런 곳에서는 원숭이가 거드름을 피워요." 처음 만났을 때의 가르침이다. 원숭이도 허영심과 겉치레가 있어 사람을 만나면 새침 떨거나 젠체하는 모양이다. "한번 산속에서 점잔 빼지 않는 원숭이를 보세요."

그래서 어느 겨울날, 나는 선생과 함께 아직 딱딱하게 얼어붙은 눈이 쌓인 히에이산 깊숙이 발을 들여놓았다. 산골짜기는 수풀이 우거져 있어 어디에 원숭이가 있는지 알기 어려웠다. 하지만 "아~, 아~, 아~" 하는 선생의 타잔 소리가 메아리치다가 사라지고 다시금 숲에 정적이 감돌 때쯤이었다. 맞은편 삼나무에 검은 물체가 스르르 기어올라 이쪽을 의심의 눈초리로 바라보는 게 느껴졌다. 선생의 목소리를 들은 원숭이 무리가 확인차 보낸 정찰 원숭이였다. 불과 오 분도 채 되지 않아 눈앞 풀숲에서 대여섯 마리의 원숭이가 나타났다. 그 뒤로 "아유, 많이도 나오네" 할 만큼 일곱, 여덟, 열, 열다섯…… 어미 원숭이와 새끼 원숭이가 구름처럼 비탈을 기어올라 다가왔다.

맨 먼저 등장한 주부 원숭이들. 그녀들이 주부 원숭이임은 한 손 아니면 등에 아직 눈가가 쭈글쭈글한 얼굴의 새끼 원숭이를 안거나 업고 있어 알았다. 주부 원숭이라고 했다고, 요쓰야의 잘난 주부들에게 혼날지도 모르겠지만 원숭이 세계에서도 주부들은 두목 원숭이를 고를 정도로 발언권이 꽤 세다. 요컨대 두목 원숭이가 되려면 그저 힘만 강해서는 안 되고 주부 원숭

124

이들에게 인기가 있어 지지를 받아야 한다. 주부들로부터 외면당하면 두목 선거에서 지고 만다. 지난해 자민당이 사회당에게 진 이유가 원숭이 세계에서도 통용된달까.

원숭이 지혜라는 말이 있는데, 어째서 좀처럼 원숭이를 얕보면 안 되는지도 그때 알았다. 하자마 선생을 흉내 내어 나도 땅콩을 뿌리기 했지만, 한꺼번에 다 주지는 않았다. 그러자 한 어미 원숭이가 등에 업고 있던 새끼 원숭이를 양손으로 감싼 채 자꾸 내 쪽으로 돌려 보여주는 게 아닌가. "우리 아이에게도 부탁해"라고 말하듯. 뭐라고 해도 새끼 원숭이는 귀엽기 그지없다. 울먹이는 커다란 눈으로 새끼 원숭이가 가만히 바라보면 이쪽은 정이 솟아 한 줌의 땅콩을 앞에다 바칠수밖에. 그러면 어미 원숭이는 갑자기 새끼 원숭이를 내팽개치고 땅콩을 우적우적 먹기 시작한다. 결국 새끼 원숭이는 미끼였던 셈이다. 이 머리 좋음, 상대방의 심리를 정확하게 꿰뚫고 계시다. 그녀를 모성애 결핍이라고 인간 시선으로 경멸해서는 안 된다. 인간계에도 최근 자기 자식을 심하게 괴롭히는 모친이 등장하지 않았는가.

알다시피 원숭이에게 먹이를 뿌리면 두목 원숭이를 중심으로 한 세력권을 확실히 알 수 있다. 동물학자가 설명하는 그대로인데 다만 이상하게도 두목 원숭이는 뒤편에서 꼼짝 않고 우리를 엿볼 뿐 부하들이 제멋대로 땅콩을 주워도 제재를 가하지 않았다. 무리로부터 백 미터쯤 떨어진 곳에 한두 마리의 빈털터리 원숭이가 서성대는 게 보였다. 그들은 마구 아우성치기만 할 뿐 결코 무리 속으로 들어가지 않았다. 하자마 선생에게 물어보니 이 빈털터리 원숭이는 문자 그대로 가난뱅이라서 동료들한테 완전히 업신여김을 당하는 모양이었다. 불쌍한 마음에 빈털터리 원숭이 쪽으로 땅콩을 뿌려주자 무리 속에서 두세 마리의 원숭이가 무서운 소리를 내며 위협을 가했다. 녀석들이 먹지 못하게. 결국 빈털터리 원숭이는 꼬리를 축 늘어뜨린 채 도망쳤다가 다시 돌아왔다. 꼬리를 내리는 행위는 '나는 별 볼 일 없는 자입니다'라는 원숭이의 의사표시다. 그래서 두목 원숭이는 항상 깃발처럼 꼬리를 꼿꼿이 세우고, 두목 원숭이가 노려보는 부하는 꼬리를 내린다. 빈털터리 원숭이는 어떤 동료를 만나든지 꼬리를 늘어뜨려 '나는 별 볼 일 없는 자입니다'라고 말한다. 그러고 보니 녀석은 다른 원숭이와 비교해 몸도 말랐고 털빛도 좋지 않았다. 맛있는 것을 먹지 못해서이리라. 나는 정말이지 가여워 견딜 수가 없었다.

빈털터리 원숭이 외에 사이교 법사* 같은 원숭이도 있다. 사이교 법사가 세상과 인간의 다섯 가지 더러움을 버리고 은자가 됐듯 그도 무리에서 벗어나 은둔 원숭이로 혼자 살아간다고 하자마 선생이 알려줬다. 가능하다면 은둔 원숭이를 방문해 그 심경을 듣고 싶었지만, 어디에 초막을 지었는지 알 수 없어 단념했다. 먹이를 챙겨주는 관광용 원숭이가 등장한 뒤 원숭이들이 늘쩡늘쩡해졌다고 하자마 선생은 한탄했다. 외부의 적과 싸우며 먹이를 찾을 필요가 적어졌기에 원숭이 무리는 지금껏 반드시 두던 정찰병을 줄였다. 캐러멜 따위를 받아먹어 충치가 생긴 원숭이도 있다. 특히 무리의 중핵이라 할 만한 청년 원숭이들이 칠칠치 못해져 무리 먼 곳까지 놀러 다니느라 정신이 없단다. 인간 사회로 치면 트럼프 왕자처럼 머리를 하고 커다란

---

* 사이교西行(1118~1190) 속명은 사토 노리키요佐藤義清. 무사 집안에서 태어난 그는 스물세 살의 나이로 출가한 이래 산속에 은거하며 일본의 전통시인 '와카和歌'를 다수 남겼다.

빗자루 같은 외투를 입고 롯폰기에서 고고를 추는 사람들과 비슷하다.

원숭이와 얽힌 슬픈 추억이 하나 있다. 젊은 시절, 나는 프랑스 리옹이란 도시에서 유학을 했다. 그 옛날 나가이 가후가 잠시 머물며 『프랑스 이야기』를 쓴 그 거리다. 전쟁이 끝난 지 얼마 안 된 무렵이라 일본은 아직 어느 나라와도 평화조약을 맺지 않은 전범국이었다. 대사관도 영사관도 없었다. 프랑스로 보내진 일본 유학생이 의지할 데라고는 자기 자신뿐이었다. 리옹의 겨울, 나는 외톨이였다. 11월이면 마을은 이미 쓸쓸한 겨울. 이듬해 4월까지 파란 하늘을 좀체 볼 수 없다. 헌 솜 같은 색의 구름이 매일 하늘을 뒤덮고 오후 네 시께면 거리에는 불이 켜진다. 이윽고 도시를 가로지르는 론, 손• 두 줄기의 깅 인저리에서 안개가 피어오른다. 때론 한 치 앞조차 보이지 않을 만큼 안개가 마을을 에워싼다.

나는 대학에서 홀로 돌아오다가 변두리에 있는 황

---

* 프랑스 남동 지방을 흐르는 론Rhône강과 프랑스 동부 지방을 흐르는 손Saône 강은 리옹에서 합류하여 남쪽으로 흐르다가 지중해로 흘러든다.

금머리공원*에 곧잘 들렀다. 숲과 오랜 못이 있는 공원임에도 겨울에는 거의 사람의 그림자를 찾을 수 없다. 벌거숭이 나무들이 휑하고 스산한 풍경 속에서 은빛으로 빛난다. 이따금 메마르고 날카로운 소리가 숲에서 울려 퍼진다. 숲속의 공회당에는 나뭇잎이 어지럽게 흩어진다. 여름에는 붉고 푸른 소형 전등이 켜지고 악대가 와서 음악을 연주하면 다들 댄스에 흥겨워하는 곳이건만, 겨울이면 누구의 그림자도 없이 의자에도 지붕에도 젖은 낙엽만이 떨어져 있다. 안으로 더 들어가면 있는 오랜 못에는 반쯤 흙탕물에 잠긴 배가 묶여 있다. 나는 그쯤에서 늘 손을 비비며 하얀 한숨을 내쉰 뒤 되돌아오곤 했다.

한번은 큰맘 먹고 그 못으로부터 훨씬 안쪽까지 걸어갔다. 비탈진 곳곳에 살짝 더러워져 얼어붙은 눈이 서늘하게 눈에 스며들었다. 그곳에서 나는 작은 우리 두 개를 발견했다. 우리 하나는 비어 있었고, 다른 하나에는 털이 빠진 원숭이 한 마리가 보였다. 양배추

---

*황금머리공원Parc de la Tête d'Or은 리옹에서 가장 큰 공원. 1858년 도시계획으로 공원과 작은 동물원이 함께 만들어졌다.

이파리가 우리 안에서 뒹굴고 있는 것을 보아 이 공원에서 기르는 원숭이 같았다. 털이 빠진 원숭이는 나를 보자 우리에서 손을 내밀고 입술을 떨었다. 그러다 아무것도 받지 못하자 구석 쪽으로 물러나 쭈그려 앉았다. 숲속에서 또 나무가 갈라지는 메마르고 날카로운 소리가 들려왔다. 그날부터였다. 자주 그 원숭이를 찾아간 것이. 별다른 목적이 있지는 않았다. 그저 오는 도중에 산 햄 끼운 빵을 반으로 나눠 하나는 내가 먹고 나머지 하나는 원숭이에게 줄 뿐이었다. 나는 쓸쓸했다. 쓸쓸한 내 눈에 친구도 없는 한 마리의 원숭이가 나처럼 고독하게 비쳤다. "너도 춥지?" 그가 빵을 베어 먹는 모습을 보며 중얼거렸다. 몇 번이나 보러 가는 사이 그 원숭이는 점점 내가 다가가면 입술을 세차게 떨었다. 위협하는 건 아니고 무언가 호소하듯이 입술을 떨어댔다. 하지만 그가 무얼 말하고 싶어 하는지 알 수 없었다.

일본에 돌아오고 나서도 때때로 그 겨울 공원의 일이 떠올랐다. 나뭇가지가 갈라지는 날카롭고 메마른 숲의 소리며 나뭇잎 떨어진 공회당이며 흙탕물에 잠긴 한 척의 배 그리고 원숭이를. 그 원숭이는 왜 입술을 떨었던 걸까. 어느 날, 나는 한 동물학자와 이야기를 나눴다. 공원의 추억을 말하자 젊은 학자는 웃으며 말했다. "사랑한 거예요, 당신을. 그 원숭이가. 암컷 원숭이는 사랑하는 상대에게 입술을 떨어 애정을 표현한답니다." 나는 웃었다. 인간 여자에게조차 사랑받은 일이 딱히 없는 내가 암컷 원숭이에게 사랑받았다니……. 소리 내어 웃으면서 그때의 나와 원숭이의 쓸쓸함을 포갰다.

IV 내 전생은 너구리

당신은 여우형인가, 너구리형인가

인간의 얼굴에는 말이지, 여우형과 너구리형 이렇게 두 종류가 있다. 회사에서 한가할 때 상사나 동료의 얼굴이 너구리인지 여우인지 찬찬히 관찰해보길. 꽤 재미있다네. 나는 어쩐지 여우보다 너구리가 좋다. 똑같이 인간을 속일지라도 너구리 쪽이 왠지 애교가 있어 보인다. 여우는 진짜로 인간을 속이지만, 너구리는 얼빠진 속임수 같은 걸 쓰니까.

이 년 전쯤 신문에 실린 에히메현의 한 농가에서 일어난 사건을 읽은 적이 있다. 그 농가는 고양이를 잔뜩 기르고 있었다. 어느 날, 집주인이 툇마루에서 낮잠을 자다가 고양이와 비슷한 그러나 고양이와는 조금 다른 목소리를 내며 자신의 머리를 지나치는 녀석의 기척을 느꼈다. 눈을 뜨고 보니 너구리였다. 농가의 커다란 부엌에서 반달가량 전부터 눌러살며 몰래 잔반을 훔쳐먹던 그 너구리는 고양이 소리까지 흉내 내며 집안 사람들을 속였던 모양이다. 집주인은 즉시 너구리를 잡아 가까운 소학교에 기부했다. 그런 기사와 함께 사진이 한 장 신문에 실렸는데 멍한 눈을 한 채 우리 안에 갇힌 너구리 모습이 퍽 애교스러웠다.

그래, 같은 무렵 가마쿠라에도 너구리가 나타났었지. 이건 가마쿠라의 일반 집이었다. 하루는 뒷산에서 너구리가 내려와 잔반을 먹어치우는 모습을 본 집주인이 그날부터 매일 잔반을 놓아뒀더니 어느샌가 동료와 함께 두 마리가 날마다 방문한다는 얘기였다. "요즘은 정해진 시간에 너구리가 찾아와서는 꼬리로 문을 두드리며 빨리 밥을 내놔, 내놔 하고 강요하기까지 합니다"라는 집주인의 담화가 신문에 실려 있었다. 꽤 멋진 이야기이지 않은가. 아무쪼록 지금도 그 두 마리의 너구리 님이 건강하게, 학교나 동물원에 기부되지 않고 언제까지나 "빨리 밥을 내놔, 내놔" 하며 나타나기를 바

랄 따름이다. 이래저래 너구리는 참 좋다. 나는 가키오
의 산골 마을에 살고 있음에도 아직 야생의 너구리를
직접 본 적이 없다. 이 부근에도 있는 듯한데 말이다.
그 대신 족제비나 산토끼 등은 산책할 때 가끔 마주친
다네.

너구리 일가

정확히 일 년 전부터 쓰기 시작한 초고를 들고 산속 오두막집에 틀어박혔을 때였다. 나는 매일 원고와 눈싸움을 하다가 해가 저물면 아래층에 내려와 피로를 달래는 술을 마시며 점점 어두워지는 숲을 멍하니 바라봤다. 이따금 날쌔게 나무를 뛰어오르는 동물이 눈에 들어왔다. 다람쥐였다. 숲속에 호두나무가 많았기에 열매를 먹으러 오는 거였다. 그래서 나무 밑 여기저기에 그들이 먹을 만한 열매껍질이나 빵 부스러기를 뿌려두곤 했다. 어느 날, 언제나처럼 약간 취기가 오른 눈으로 밖을 무심히 내다보니 강아지처럼 보이는 것이

열매껍질을 먹고 있었다. 작은 너구리였다. 오두막집 근
방에 여우 모자가 살고 있다고 지역 사람에게 들은 적
이 있어 한번 보고 싶다고 생각했건만, 여우가 아니라
새끼 너구리가 찾아오다니. 너구리는 요즘 도쿄에서도
희귀하지 않다. 고양이를 몹시 좋아하는 내 비서는 도
쿄 교외에 있는 집으로 돌아가면 먹이를 손수 만들어
단지에 사는 길고양이들에게 가져다준단다. 길고양이
들도 그녀가 나타나면 하나둘 모여드는데, 한번은 고
양이들과 섞여, 라기보다는 고양이인 체하며 너구리가
먹이를 달라고 치근댔던 모양이다. 주택 개발로 너구리
들도 살 곳이 없어지고 말았나 보다.

어쨌든 그날부터 나는 너구리에게 먹이를 챙겨줘
야겠다고 생각했다. 매일 아침 또는 점심에 먹은 식빵
가장자리나 생선 뼈 따위를 커다란 산밤나무 아래에
놓아뒀다. 그랬더니 저녁이면 거의 정해진 시각에 새
끼 너구리가 와서 바나나 껍질이나 사과 껍질을 먹었
다. 이삼일 지나자 그의 부친과 모친이 그보다 조금 늦
게 모습을 드러냈다. 너구리 가족은 대단히 경계심이
강했다. 먹이가 있는 장소 가까이까지 살금살금 몰래
다가온 뒤에도 잠시 멈춰 선 채 상황을 살폈다. 언젠가

도쿄에서 놀러 온 친구들과 가맛밥을 지어 먹은 뒤 남았기에 가마째 두었다. 너구리는 그걸 보자마자 기겁하며 도망갔다. 예의 분부쿠 차가마 동화*와 달리 가맛밥의 가마는 싫어하는 걸까. 먹이 주기가 적이 성공했다고 느꼈을 즈음이었다. 어느 밤, 오두막집에 묵으러 온 친구랑 마을에 내려가 식사를 한 뒤 돌아오니 마루에 술안주로 사다둔 건어물이 죄다 흩어져 있었다. 부엌문도 활짝 열려 있었다. 너구리 일가가 무단으로 오두막집에 숨어들어 내가 좋아하는 음식을 훔쳐간 게 분명했다. "여기를 뭐라고 생각하는 거야?" 나는 어두운 숲을 향해 고함쳤다. "여기는 고리안이라고! 친분을 생각하면 너무 무례한 짓이잖아!"

너구리라는 이름은 오리구치 선생이었나, 아니 야나기다 선생의 설에 따르면 '타노케'에서 나온 명칭**이다. 너구리가 밭 근처까지 내려와서 먹이를 구하러 다

---

* 일본 군마현 모린지 절에 있는 차가마와 얽힌 이야기. 옛날에 이 절에서 차를 끓이는 큰 가마가 없어 곤란하자 한 노승이 큰 가마를 가져와서 차를 끓였는데 퍼내도 마르지 않으니 그 노승의 정체는 너구리였다. 이후 그 차가마는 '복을 나눠준다'는 뜻에서 '분부쿠分福 차가마'라고 불렸다.
** 일본어로 너구리는 '타누키たぬき', '타노케田の怪'는 '밭의 괴물'이란 뜻이다.

넣기에 타노케, 그러다 타누키가 됐다는 설명이다. 한편 여우 쪽은 이건 오리구치 선생의 저서에 따르면 '키테네요'의 준말*이다. 산에서 길을 잃고 헤매다가 만난 아름다운 아가씨를 집으로 데리고 와서 부부의 연을 맺은 사냥꾼이 있었다. 아내는 그에게 방에 혼자 있는 자신을 절대로 훔쳐보지 말라고 애원했지만, 남편은 약속을 깨고 방을 엿보고 말았다. 여우 모습으로 변한 아내의 모습을. 정체를 들킨 아내는 남편을 힐책하며 산속으로 사라졌다. 남겨진 남편은 아내가 그리운 나머지 다시 한번 애타게 불렀다. "키테네요." 덧없는 호소였다. 이 옛날이야기에 나오는 '키테네요'가 줄어 '키츠네요', 그러다 '키츠네'가 됐다고 하는 설을 읽은 적이 있다. 8월이 끝나자 나는 도쿄의 작업실로 돌아왔다. 늦더위가 채 가시지 않은 해 질 무렵이면 그 너구리 일가가 생각난다. 녀석들, 아직 그곳을 어정버정하고 있지는 않을는지.

─────

*일본어로 여우는 '키츠네きつね', '키테네요요来て寝よ'는 '와서 자자'란 뜻이다.

자화상: 너구리가 붙어 있는

요전에 매우 드문 걸작을 만났다. 소설 자료를 얻으려고 도쿄 교외에 위치한 기도사 할머니의 집을 찾았을 때였다. 그 기도사 할머니는 근방에 사는 사람들의 몸을 손으로 어루만져서 병을 치료해주는 사람이었다. 다시 말해 아픈 사람에게 달라붙어 있는 악령이나 동물을 내쫓아 몸을 낫게 한다고 했다. 내가 그녀의 집에 간 건 주룩주룩 비가 내리는 밤이었다. 집은 농가로 어두컴컴한 바닷가 가까이에 자리 잡고 있었는데, 이상한 냄새를 풍기는 다다미 여덟 장짜리 방에 들어가자마자 제단이 눈에 들어왔다. 제단 위에는 아키히토 황태자와 쇼다 미치코* 씨의 사진이 진열돼 있었고, 이웃에 사는 신자로 보이는 서너 명의 아주머니들이 화로를 둘러싸고 단정히 앉아 있었다.

　기도사 할머니는 내 몸을 훑어보더니 어디가 나쁘냐고 물었다. 나는 요즘 들어 진이 빠져 힘들다, 어깨도 뻐근하고 허리도 아프다고 대답했다(이건 진짜였다). 그러자 방석 위에 정좌하라고 시킨 뒤 손으로 등을 어루만졌다. 어루만지는 내내 할머니는 '후후' 숨을 내뱉거나 '컥컥' 토했다. 신자 한 사람이 내 몸 안에 있는 독소가 할머니 몸으로 옮겨가면서 대신 괴로워하시는 중이라고 설명해줬다. 이윽고 기도가 시작됐다. 할머니는 신에게 내 몸에 전세부터 붙어 있는 악령과 동물은 무엇이냐고 여쭈었다. 기도하는 할머니 손이 물레방아처럼 빙빙 돌아가는가 싶더니 온몸에 열이라도 나는 듯 부들부들 떨었다. "뱀인가요? 용신인가요?" 신자 한 사람이 질문했지만 할머니는 대답하지 않았다. 나는 나대로 내 몸에 전세부터 붙어 있는 동물은 도대체 무엇

＊쇼다 미치코正田美智子(1934~) 일왕 아키히토의 비. 서민 출신으로 1959년 당시 황태자였던 아키히토와 결혼해 화제를 모았다.

일지, 수상함 반 호기심 반으로 가만히 앉아 있었다. 돌연 할머니가 이리저리 움직이던 손을 딱 멈추고 절규했다. "너구리……." 내 몸에 너구리가 붙어 있다는 말이었다. 나는 웃음을 눌러 참으며 물었다.

"어떤 너구리인가요?"

"너구리 씐 인간은 게으름병에 걸려 일을 내팽개치고 여기저기 놀러 다니기만 하지. 네 허리가 아픈 것도 마음이 들뜬 너구리가 너로 하여금 게으름을 피우도록 하려는 소행이야."

나는 이 걸작 체험을 곧장 야스오카 쇼타로*에게 이야기했다. 다 들은 야스오카는 매우 심각한 얼굴로 말했다. "나한테 붙어 있는 것은 쥐며느리의 사령이려나." 쥐며느리는 돌 틈에서 몸을 동그랗게 웅크리고 맥없이 산다. 카리에스를 앓은 야스오카는 자신의 몸에서 쥐며느리를 연상했던 걸까. 여하튼 나는 너구리가 붙어 있다는 사실이 유쾌하기 그지없어 온종일 그 생각에 빠져 지냈다. 무슨 일이든 형편이 나쁘면 다 너구

---

*야스오카 쇼타로安岡章太郎(1920-2013) 일본의 소설가. 엔도 슈사쿠 등과 함께 '제3의 신인'으로 불리며 아쿠타가와상, 노마문예상 등을 수상했다.

리 탓을 하면서. 마감에 늦어도 내 몸에 붙은 너구리의 짓일 뿐 진짜 내 의지는 아니었다. 거울에 비친 내 얼굴을 찬찬히 보다가 너구리를 꽤 닮았길래 붓을 들고 자화상을 그려봤다. 어떤가요?

V 내 대신 죽은 구관조

구관조와 고독한 작가

일 년 전에 받은 두 번의 수술이 반년 지난 시점에서 아무래도 실패였음이 밝혀졌다. 그래서 또 가까운 시일 내에 대수술을 하지 않으면 안 된다. 게다가 이번 수술은 대출혈도 예상되기에 상당히 위험한 모양이다. 정말이지 가라앉는 이야기다. 그래서 병문안을 와준 친구들에게 일부러 투덜거렸다.

"아아, 아아. 당신들은 밖에서 유쾌하게 살아가는데 나만 어째서 이렇게 시시한 걸까?"

"밖에 있다고 그리 유쾌한 건 아니야."

"난 지금 사소설에나 나올 법한 주인공처럼 고독

하고 비창한걸. 오랜 병고 끝에 부자유스러운 몸이 되어 어쩌면 이번 수술로 죽을지도 모르잖아."

"자넨, 불운한 남자이니 이리됐어도 누구 하나 자네를 고독하다고 생각하지 않는다네."

친구가 말했다. 그때 나는 고독한 작가인 릴라당*을 잠깐 떠올렸다. 릴라당에 관해 쓴 책을 보면 비평가는 그가 고독하고 비극적인 인생을 견뎌냈다고 찬양한다. 겨울의 매서운 추위 속에서 소설 쓸 종이가 없던 릴라당이 담뱃갑 종이 뒷면에다 거침없이 펜을 놀렸을 때 잉크병 안에 살얼음이 깔려 있었다는 일화는 너무나 유명하다. 하지만 비평가가 집을 방문하자 기겁하며 따뜻한 기운이 서린 감자와 비프스테이크 담은 접시를 허둥지둥 숨겼다는 이야기도 어딘가에서 읽은 적이 있다. 작가를 작품만이 아니라 그의 실생활로도 판단하는 관점에서 릴라당 역시 꽤나 득을 본 작가이지 않은가. 겨울의 추운 방에서 담뱃갑 종이에 펜을 놀렸다

---

* 릴라당Auguste de Villiers de L'Isle Adam(1838~1889) 프랑스의 소설가. 귀족 가문 출신으로 오랫동안 빈곤과 무명의 생활을 보낸 그는 거침없고 풍부한 상상력으로 시대와 인간을 대담하게 풍자했다.

고 고독한 인생을 보낸 작가로 불린다면, 뼈도 폐도 도려낸 이쪽이 한층 고독하고 비창한 작가라고 인정받지 못하면 손해다.

"나도 이 년이나 병으로 고생했고, 두 번이나 몸에 칼을 댔어. 이번 수술은 죽음까지 감당해야 하니 만년은 고독한 작가였다고 불리는 정도의 득은 보게 해줘."

"그건 안 돼. 자네는 인덕이 없어 안 돼."

친구가 말했다. 대체로 다이쇼부터 쇼와 초기*에 걸쳐 활약한 작가 중에는 무척 득을 본 작가가 많다. 손가락을 자르거나 피를 토하거나 아도름**을 먹은 정도로 고독한 삶이 돼버리니 말이다. 세상이 한가로웠던 건지, 그들의 연출이 뛰어났던 건지. "요즘 들어 비평가도 제법 인색해졌으니까, 이 년쯤 앓거나 세 번가량 수술해서는 고독하게 죽음을 견딘 인생을 살았다고 써주지는 않을 거야" 친구는 그렇게 중얼거리며 돌아갔다. 나는 곰곰이 생각했다. 고독하고 고뇌한다는

---

*다이쇼(1912~1926)에서 쇼와(1926~1989) 초기는 일본 근대문화의 전성기로 고풍스럽고 낭만적인 정취가 풍미했다.
**수면제의 일종.

말을 듣는 것은 작가에게는 대단한 훈장이다. 하지만 나를 아무도 그리 생각해주지 않는 이상 앞으로 살아남는다면 고독하지도 않고 고뇌하지도 않는 남자가 돼야겠다고.

나는 병실 베란다에서 구관조를 길렀다. 최근 백화점에서 물에 풀면 금세 완성되는 새 모이를 팔고 있기에 나처럼 몸을 움직이지 못하는 남자에게는 무척 편리하다. 백화점의 새 매장 직원에 따르면 구관조는 먹이를 주며 말을 가르치는 것이 제일 좋다. 그리고 한 번 하나의 단어를 외우면 계속해서 암기시켜야 한다. 시험 삼아 잠자리에서 일어나 "안녕"이니 "오늘은"이니 하는 말을 구관조에게 가르쳐봤다. 이 주도 지나지 않아 굼뜬 어조이긴 해도 인간의 말을 몇 가지 옹얼거렸다. 그런데 이 구관조가 어느 날 갑자기 자못 안타까운 탄식인지 한숨인지 모를 소리를 냈다. "아아, 아아……." 이런 듣기 싫은 말을 누가 가르쳤을까 생각하다가 바로 범인을 알아챘다. 옆 병실에 있는 노인이었다. 이미 사 년이나 침대에서 일어나지 못한 그는 하루에 몇 번이나 "아아, 아아……"라고 자신의 오랜 병고를 슬퍼하며 한숨을 쉬었다. 노인과 내 병실은 같은 베란다로 이어져 있었기에 어느새 그 안타까운 노인의 목소리를 익힌 모양이다. "아아, 아아……." 이 말은 인간의 목소리 가운데에서도 가장 저주스럽고 싫다. 나는 이 목소리가 딱 질색이다.

요사이 밤이면 밖도 추운 탓에 구관조를 병실 안으로 들여놓아야 한다. 한밤중 조용한 병실 안에 깨어 있는 것은 나와 그뿐. 구관조가 새장 속에서 떠듬떠듬하는 말과 소리가 들린다. "아아, 아아……." 돌연 예의 그 소리가 나기도 한다. 나는 어둠 속에서 눈을 뜨고 생각했다. 다이쇼 시대의 고독한 작가라면 자신에게 일어난 자못 인생의 한 토막 같은 이 한 장면을 이삼십 매짜리 단편으로 쓸 텐데. 최후 결말은 노인이 죽은 뒤 구관조가 "아아, 아아"라고 인간의 말을 중얼거리는 한 줄로 마무리하겠지. 진짜 그럴 것만 같아 킬킬거렸다. 그 작품이 고독하고 번뇌하는 인생을 그린다면 정말이지 기가 막히리라. 자, 그렇다면 앞으로 어찌 될까. 나는 구관조에게 말했다. "예의 '아아, 아아'로 끝나지는 않겠지? 그 뒤로 '시작'이 기다릴 거야!" 햇빛이 쌀쌀해지는 저녁이면 베란다에 둔 구관조는 가슴 털을 떨며 몸을 움츠린 채 까맣게 빛나는 눈으로 지그시 한 곳을 바라본다. 이 병동에는 중병에 걸린 사람이 많다. 나는 낮은 그렇다 치고 해가 저물면 거의 누구와도 말을 나누지 못했다. 무언의 매일 밤이 너무 길게 이어지면 구관조에게 말을 걸어본다. 불이 꺼진 새까만 병실에서 그의 눈만이 반짝인다. "어이, 어이." 하지만 그는 아무 말이 없다. "어이, 어이, 진짜로 신은 있는 걸까?" 구관조는 차갑게 얼은 밤처럼 침묵을 지킨다. 그러다 아무것도 묻지 않았건만 갑자기 그 한숨 같은 소리를 낸다.

"아아, 아아……"

"아아, 아아, 가 아니라고!"

나는 웃어대며 말한다. "살아남으면 그런 이야기는 이제 읽고 싶지도 쓰고 싶지도 않아. 모든 것은 그 뒤부터 시작될 테니까!"

수술 이후…… 구관조는?

병원을 보는 것이 좋다. 세밑이라서 저녁에 어쩔 수 없이 모임에 나가는 일이 늘었다. 돌아오는 길이면 옛날에 입원한 적 있는 병원 근처를 지나다가 차를 멈추고 잠시 창문 불빛을 가만히 바라본다. 삼 년 전 나는 긴 입원 생활을 했고 큰 수술을 세 번이나 받았다. 세 번째 때는 수술을 해야 할지 말아야 할지 의사도 쉬이 결정하지 못했다. 가슴막이 유착해서 다량 출혈이 일어날지 모를 위험이 있던 모양으로, 전문적인 부분을 알지 못하는 나도 진찰 뒤 창문에 눈을 두고 생각에 잠긴 교수의 표정에서 망설임을 느꼈다. 겉으로는 밝은

척하며 지냈지만 이 년 반이나 이어진 병원 생활로 내 정신은 지칠 대로 지쳐 있었다. 크리스마스도 병원에서 두 번이나 보냈다. 크리스마스 밤이면 창문 근처에서 촛불을 든 간호학교 학생들이 부르는 성가가 희미하게 들려왔다. 정월은 병원도 텅 비어 낡은 병실의 난방 소리만이 평소보다 강하게 울렸다.

그즈음 나는 때때로 병문안을 오는 지인과 말을 섞고 애써 웃는 표정을 짓는 것도 고통스러워 가족들에게 억지를 부려 구관조를 샀다. 인간 언어의 의미를 모른 체 흉내만 내는 구관조이기에 본심을 말할 수 있을 것 같았다. 한밤중에 문득 눈을 뜨고 불을 켜면 구관조는 홰에 매달려 목을 갸웃하며 나를 응시하고 있었다. "죽지는 않겠지, 이번 수술로." 나는 구관조의, 촉촉하고 슬픈 눈을 보며 가족에게는 털어놓지 못하는 본심 속 불안을 호소했다. 구관조는 고개를 기울여 말을 듣지만 아무런 대꾸가 없다. "그래도 어쩔 수 없으려나. 그만둘게……." 느닷없이 구관조가 소리를 냈다. "안. 녕." 그가 아는 얼마 안 되는 인간의 언어였다. 내가 가르친 건 아니고 백화점의 작은 새 매장에서 누군가로부터 배운 게 틀림없다. "하. 하. 하. 하. 하." 필시 가게 앞에서 그를 둘러쌌던 손님들의 웃음소리겠지. 몇 번이나 듣는 사이 흉내 내기에 이르렀겠지. 그런데도 내 마음은 위로를 받았다. 나는 불을 끄고 눈을 감았다. 다음 날도 그다음 날도 밤중에 잠이 깨면 구관조에게 말을 걸었다.

"산다는 건 힘이 드네."

"하. 하. 하. 하. 하."

"이번 수술도 괴로울까?"

"하. 하. 하. 하. 하."

가래가 목에 걸린 듯한 그의 웃음소리. 말의 의미도 모른 채 발음하는 만큼 마음이 편안했다. 이윽고 수술하는 날이 다가왔다. 가랑눈이 내리는 아침에 진정제를 먹고 침대에 누워 수술실까지 이동했다. 기다란 복도 좌우에서 함께 요양하는 벗들이 "힘내요"라고 소리쳤다. 두 번째 수술할 때와 다르지 않은 풍경이었다. 수술은 오랜 시간이 걸렸다. 다행히 나는 의사의 필사적인 노력으로 목숨을 건졌다. 이틀 가까이 마취 상태로 누워 있다가 사흘째 정신이 들어 물었다. "구관조는?" 집사람이 울 듯한 얼굴로 말했다. "죽었어요. 다들 병구완하는 데 정신이 없어 새장을 추운 베란다에서 안으로 옮겨놓는 일을 잊어버리는 바람에."

　나는 구관조가 있던 새장을 가져오게 했다. 홰에
하얀 똥이 들러붙어 있었지만 그의 모습은 보이지 않
았다. 마치 그가 나 대신 죽은 것 같은 기분이 들었다.
세월이 흘러 그 병원 가까이에 차를 세우고 창문 불빛
을 바라볼 때면 나는 여러 가지 일을 떠올린다. 물론
구관조의 일도. 그의 애처로운 눈이며 "하. 하. 하. 하.
하"라고 말하던 그의 목소리도……

VI 외로운 새들

소아적 호기심

수년 전, 산속의 이 오두막집은 전쟁의 탄흔이 남은 것처럼 구멍투성이였다. 마침 그곳이 딱따구리가 지나다니는 길이었기 때문이다. 아침, 아직 어슴푸레한 시간에 세차게 벽을 두드리는 녀석이 있다. "누구, 십니까?" 나는 잠자리에서 외쳐본다. "실례지만 누구십니까?" 상대는 아무런 말이 없다. 대답이 없다. 잠시 후 또다시 시끄럽게 벽을 두드리는 소리가 들린다. 우체국 직원이 전보라도 갖고 왔나 싶어 잠이 덜 깬 눈으로 창문을 열고 밖을 보면 오두막집의 판자벽에 실로 멍청한 면상을 한 딱따구리가 달라붙어 열심히 구멍을 내고 있다. "바보 같은 놈, 뭐 하는 거야?" 그 덕분에 오두막 집은 구멍이 수두룩하게 생겨서 보기에도 비참한 모습 이었다. 마을 사람들에게 들으니 이들 딱따구리를 쫓아내려면 금속 깡통을 여기저기에 매달아두면 좋다는 데, 하라주쿠의 언니들도 아니고 빈 깡통을 싸구려 액세서리처럼 한가득 매단 집 따윈 본 적이 없다. 심지어 가을이 오자 딱따구리 군이 만든 구멍에 어치 양이 둥지를 틀었다. 이듬해 여름, 오두막집에 간 나는 벽 속 이곳저곳에서 삐악삐악 아기 새가 울어대서 깜짝 놀랐다. 딱따구리 군과 어치 양에게는 미안하지만, 참다못해 모처럼 마음에 든 나무 벽을 바꿔버렸다.

그 오두막집 근처 숲에는 나의 소아적 호기심을 들쑤시는 것이 수두룩했다. 거센 소나기가 쏟아지고 난 다음 날이면 호두나무의 푸른 열매나 아직 익지 않은 밤송이에 섞여 어치 둥지가 반쯤 부서져 땅 위에 떨어져 있다. 어치 둥지는 대부분 둥근 형태. 어수선하게 만든 양 보이지만 원형을 지향한다. 대관절 어치는 어떻게 원형의 개념을 알고 있을까. 사각이나 삼각이 아닌 거의 둥근 둥지를 만드는 지혜를 어디에서 내려주신 걸까. 나는 궁금해서 견딜 수가 없다. 오두막집 주변에는 형형색색의 야생화도 피어 있다. 그래서 벌이며 나비가 잔뜩 날아다닌다. 어떤 책에서 벌이나 나비는 꽃의 색과 향을 찾아 날아오는 게 아니라 꽃에서 나오는 강한 광선에 끌려 날아온다고 읽은 적이 있다. 그렇다면 꽃의 그 아름다운 색과 그 좋은 향기는 무엇을 위해 존재하는 걸까. 밤이 오면 벽에 갖가지 무늬가 있는 나방이 앉아 있기도 하다. 나방 무늬는 좌우대칭의 세련된 디자인으로 일종의 질서가 보인다. 나방은 세련된 디자인과 질서를 어떻게 만들 수 있는 걸까. 그건 무엇을 위함일까. 나의 소아적 호기심은 이상해서 참을 수가 없다.

　올여름, 그런 내게 '고사쿠샤'라는 출판사에 다니는 다나베 스미에 씨가 『파랑새』의 저자 모리스 마테를링크*가 쓴 『꽃의 지혜』라는 책을 보내줬다. 오두막집에서 일하는 짬짬이 풀밭에 감독의자를 내놓고 꽃과 나무에 대한 자세한 관찰과 시적 통찰을 보여주는 이 책을 입맛 다시며 하루하루 읽어나갔다. 나는 덕분

---

*모리스 마테를링크Maurice Maeterlinck(1862~1949) 벨기에의 시인이자 극작가로 1911년 노벨문학상을 받았다.

에 나무와 꽃 속에 담긴, 눈에는 보이지 않지만 확실히 존재하는 생명의 질서를 실감했다. 꽃을 통해, 나무를 통해, 나방 날개의 세련된 무늬를 통해, 어치의 둥지 형태를 통해 우리에게 말을 거는 자연의 깊은 질서. 책의 'L'Intelligence'라는 단어를 옮긴이가 '지성'이라는 인간의 오만한 용어가 아니라 '지혜'라는 우주의 소리와 연결 지어 번역한 것이 무척 기뻤다.

식물에게 있어 가장 중대한 규정이라면 이것이 분명하다. 식물은 종생의 부동不動을 선고받았다.

당연하다면 당연한 말이지만, 이런 하나의 문장일지라도 숲에 앉아 읽는 나에겐 무엇인가 커다란 힘이 몸을 꿰뚫고 나간 것처럼 신선하게 다가왔다. "그런가, 너희들, 그랬었구나" 하고 주위에 있는 호두나무나 밤나무를 둘러보며 이야기했을 정도다. "거기에서부터 너희들의 모든 생명의 움직임이 시작되는구나." 그렇다 해도 어치는 어떻게 원형이란 개념을 알고 있는지, 꽃은 왜 아름다운 색과 향(곤충에게는 인식되지 않는데)을 만들어내는지, 어찌하여 나방은 날개에 대칭형 무늬를 가졌는지를 가르쳐줄 만한 책을 알고 계신 분은 내게 슬쩍 알려주지 않으시겠습니까. 나는 식물학에도 곤충학에도 무지한 남자이기에 이러한 초보적인 문제조차 모르거든요.

작은 새의 눈

동물을 좋아하는 나는 지금 집에서 개와 작은 새를 기르고 있는데, 사실을 말하자면 청년 시절만 해도 작은 새 따위 관심이 없었다. 저런 것은 센티멘털한 소녀나 좋아하는 동물이라고 무시했다. 하지만 서른다섯 살 무렵부터 개나 작은 새가 좋아졌다. 그것도 작은 새의 목소리를 좋아한 게 아니라 작은 새의 눈을 좋아했다. 개의 경우도 개의 눈이 좋았다. 우리 집 근처에는 잡목림이 많다. 비가 내리는 날, 숲에 아이가 들어가면 묶여 있는 개는 가만히 아이의 발자국을 바라본다. 그럴 때 개의 살짝 슬픈 어린 눈이 좋다. 작은 새가 상처 입어 죽은 적이 있다. 죽기 전 내 손바닥 안에서 아직 따뜻한 그의 몸이 바르작거리더니 일순간 눈을 커다랗게 떴다. 눈을 크게 뜨고 있는 힘을 다해 죽음과 싸운 것이리라. 이윽고 눈에 하얀 막이 덮이며 그는 죽어갔다. 그때 본 눈빛은 도쿄의 빌딩과 빌딩 사이를 걷거나 저물녘 언덕 위에서 석양이 비치는 거리를 내려다볼 때 문득 마음에 되살아난다.

동물의 슬픈 어린 눈에 왜 마음이 끌리는지 알 수 없다. 어쩌면 내가 인생의 중년을 걷기 시작해서인지도 모른다. 소설 쓰는 일을 하는 덕분에 나는 가지각색의 인간과 가지각색의 인생을 관찰하는 버릇이 들어버렸다. 그때의 내 눈이 동물의 조금 슬픈 어린 눈매와 겹쳐져서일까. 아니면…… 우리 인생의 배후에 우리 인생을 그렇게 조금 슬픈 눈초리로 바라보는 하나의 존재를 의식하게 됐기 때문인지도. 그 존재에 어떠한 이름을 붙일지는 여러분의 자유다. 여하튼 나는 일에 지치면 작은 새의 새장 앞에 잠시 쭈그려 앉아 있곤 한다.

집오리는 날씨상담새

가키오의 고리안으로 옮겨 살기 전에 고마바에 살았던
적이 있다. 손바닥만 한 작은 마당이 있는 집이었지만,
그래도 5월께 모종을 심어두면 수세미가 현관 앞 선반
을 타고 뻗어 푸르디푸른 그림자를 만들어냈다. 6월의
궂은비가 그칠 무렵 잎과 잎 사이로 노란 꽃이 폈다가
흩어지고 마침내 대롱대롱 수세미 열매가 달렸다. 나
는 그 대롱대롱하는 아래에 의자를 들고나와서는 아
무것도 하지 않은 채 멍하니 앉아 있는 것이 좋았다.
너무나 햇볕이 기분 좋으면 앉아서 졸기도 했다. 또 푸
른 식물의 화분을 좋아해서 잿날에 정원사한테서 사

온 가지각색의 나무를 마당에 늘어놓았다. 그 나무들 틈새로 조금 진흙이 묻고 푸른 이끼가 끼긴 했어도 큰마음 먹고 고물상에서 옮겨온 커다란 물독도 있었다. 물독에는 지난해 장난삼아 넣어둔 금붕어가 겨울 한철을 보냈건만 죽지도 않고 거뭇하게 탁해진 물과 연꽃 사이를 이따금 날카로운 선을 그리며 헤엄쳐 다녔다. 연꽃은 아침결에 희미한 소리를 내며 하얀 꽃이며 붉은 꽃을 피운다고 해서 샀는데, 아무래도 속은 건지 한 번도 꽃이 핀 모습을 보지 못했다.

금붕어 외에 기르는 생물로는 고양이 한 마리, 박새 열 마리 그리고 집오리가 있다. 집오리는 애초 다른 사람에게 주겠다는 약속으로 한동안 맡아두고 있다가 그사이 상대방의 형편이 나빠져 그대로 우리 집에 눌러살고 있다. 이 집오리는 나에게 그날그날의 날씨 변화를 알려주는 새다. 여름의 저물녘, 나는 일에 쫓겨 방이 어두워진 것도 잊고 책상을 마주한다. 그러다 가끔 느닷없는 집오리의 구슬프고 쉰 목소리에 문득 정신이 든다. 창문을 열고 보면 집오리가 허리를 흔들며 줄기차게 소리를 지른다. 그가 비를 부르고 있음은 그 언행으로 알 수 있다. 소낙비를 품은 흐린 하늘. 갑작스레 부는 바람. 커다란 잎을 소리 내며 떠는 마당의 팔손이나무. 한층 더 허리를 흔들며 쉰 목소리를 높이는 집오리. 이윽고 굵은 빗방울이 내가 손을 걸친 창문에 작은 콩 볶는 소리를 내며 떨어진다.

우리 집오리는 고독한 몸이다. 겨울밤, 시부야의 술집에서 늦게까지 시간을 보내다가 모두 잠들어 고요해진 이웃을 깨우지 않도록 살며시 문을 열면 늘 작은 소리로 울어대는 것도 그다. 눈 내리는 밤, 얼핏 눈이 떠져 덧문을 가느다랗게 열고 마당을 엿보면 그는 내려 쌓이는 하얀 눈 속에 한쪽 다리를 올린 채 가만히 서 있다. 그럴 때 나는 잠시 올곧고 고집 센 그의 자태를 추위도 잊고 바라본다.

VII 삶을 채색하는 생물

왜 판다만 인기가 있을까

얼마 전, 근처 술집에서 해롱거리며 '판다의 사생활을 지키는 모임'을 만들자고 제안했더니 가게 마담도 손님도 웃으면서 입회해줬다. 그때 나는 회원들에게 이런 연설을 했다. "어떠한 인간이라도 지켜야 할 사생활이나 비밀은 있다. 그런데 최근 일부 대중 언론은 언론의 자유라는 이름 아래 당사자가 감추고 싶은 사생활이며 비밀까지 떠들썩하게 써대고는 정의라고 말한다. 그건 어떤 의미로는 타인의 인권을 유린하는 짓이 아닌가. 판다는 인간은 아니지만 자신의 교미를 노골적으로 알리고 싶지 않을지도 모른다. 판다와 아무런 상의 없이 그들의 내밀한 일을 폭로할 권리가 우리에게 있는 것인가." 물론 내 연설은 농담이었고 '판다의 사생활을 지키는 모임'은 술자리에서의 장난이었다. 내가 이런 싱거운 농담을 입에 올린 건 지난 6월 상순 판다의 결혼을 알리는 신문이나 텔레비전, 라디오의 필사적인 보도가 참으로 유쾌하고 흐뭇해서였다. 왜 흐뭇하고 유쾌했느냐고? 이 뉴스를 썼거나 보도한 기자 제군의 고심이 상상됐기 때문이다.

원래 판다가 일본에서 저토록 인기를 얻은 이유는 중국산 희귀한 동물이라서가 아니다. 그 얼굴과 자태가 어린이 그림책에 나오는 동물 또는 강아지나 고양이 인형처럼 어린애 같고 동화적이라서다. 판다의 얼굴에서는 야생동물 특유의 흉포나 에너지가 거의 느껴지지 않는다. 그래서 소녀와 아이들은 마냥 동화 속 주인공들을 꿈꾸며 동물원을 찾는다. 아마 기자 제군도 일요일에 아이가 졸라대서 판다를 보러 간 적이 있으리라. 그 동화적인 꿈을 품은 판다가 하필이면 교미기에 들어섰다. 중국을 제외하면 세계에서 처음으로 생긴 일이니 만큼 뉴스거리이긴 한데, 아버지인 기자 제군은 역시 아이가 본 판다의 이미지를 부수고 싶지 않았

을 터. 판다를 어디까지나 동화적 동물로 놔두려는 배
려가 그대로 교미 기사에도 녹아들어 있었다. 그것이
나는 흐뭇하고 사랑스러웠다.

　　대체 판다는 어찌하여 이토록 인기가 있는 걸까.
나는 디즈니 세계의 영향이라고 생각한다. 미국에 갔
을 때 호기심으로 디즈니랜드에 놀러 간 적이 있다. 곳
곳에 의인화된 동물 그림과 조각이 흘러넘쳤다. 기념품
가게에는 손을 호주머니에 찔러 넣은 너구리며 코끼리
며 사자 장난감이 가득했고 길에는 개나 토끼 복장을
한 사람들이 퍼레이드를 연출했다. 디즈니의 의인화된
동물들은 어린이에게 있어 이상적인 친구의 모델이다.
하지만 어른마저도 동경하는 건 왜일까. 잃어버린 천진
난만한 유년 시대에의 향수이리라. 그 이상으로 어른
의 세계에는 인간이 인간을 믿지 못하는 불신감과 그
에 따른 피로와 초조, 체념이 있다. 이런 어른들을 위
해서도 디즈니는 의인화된 동물을 만들어냈다. 디즈니
가 표현하는 동물은 동물 그 자체가 아니다. 그렇다고
인간도 아닌 그들은 언제나 사이좋고 상냥하며 무해하
다. 인간이 무서워하는 흉포나 야성이 모조리 박탈돼
있다.

일찍이 우리 선조도 동물을 의인화했다. 아니, 의인화했다기보다는 동물들을 인간 이상으로 신비한 힘과 야성의 생명력을 지닌 존재로 생각했다. 우리는 그걸 예를 들면 멜빌의 『백경』 같은 소설에서도 볼 수 있고 일본의 고전 가운데서도 읽을 수 있다. 이러한 동물의 의인화를 디즈니는 철저하게 버린 채 그들을 동화의 주인공으로 바꿔버렸다. 혹은 인간에게 있어 두렵지 않은 인형으로 만들어버렸다. 텔레비전이나 영화에서 디즈니의 동물영화를 보는 사람은 야성 따위는 완전히 무시당한 동물밖에 조망하지 못하리라. 중국에서 건너온 판다는 그런 의미에서 디즈니의 이상적인 동물이며, 디즈니 감각으로만 동물을 보게 된 아이나 소녀 그리고 우리에게도 알맞은 야수인 셈이다. 둥글둥글한 몸, 달님이 운다면 이런 얼굴일까. 예전부터 동물이 갖고 있던 야성과 신비성이 전혀 없는 것처럼 보인다.

디즈니다운 동물 사랑은 자연을 사랑하는 것도 아니고 자연으로 돌아가는 것도 아니다. 마찬가지로 판다에 열중하는 일은 동물 사랑과 관계없음은 분명하다. 판다 장난감을 품에 안은 소녀는 결코 뱀이나 두꺼비를 좋아하지 않는다. 두꺼비는 못생겼다는 이유로,

뱀은 다리가 없다는 이유로 음침하게 여겨진 탓에 사랑할 만한 디즈니다운 동물이 되지 못했다. 그런데 웬걸, 그 동화적 동물이 발정해 교미를 하다니. 이 엄연한 현실과 동화와의 조화를 위해 아이가 있는 기자 제군이 얼마나 용어에 고심했을지……. 그 의미에서 그날의 기사는 흐뭇하기 짝이 없었다.

말이 깔볼 때

자동차는 탄 사람을 업신여기지 않는다. 하지만 말이란 녀석은 이쪽이 잘 타지 못하는 사람이라면 반드시 깔보고 대든다. 이렇게 쓰면 내가 자못 승마술에 환한 것 같겠지만, 실제 말을 탄 경험은 열 번 정도밖에 없다. 지금으로부터 열다섯 해쯤 전에 다테시나고원에서 여름 한 철을 보낸 적이 있다. 요즘 다테시나는 꽤 개발돼 별장도 수두룩하고 호텔이나 여관도 제법 생긴 모양인데, 당시만 해도 아직 가루이자와 등과 비교하면 소박한 시골의 정취가 그득한 피서지였다. 그때 풀다이라라는 다테시나의 중심부에 말 대여점이 있었다. 농가 사람들이 부업으로 여행객에게 말을 빌려주는 곳이었다. 나는 그해 여름, 승마 연습이라도 해볼까 싶어 대여점의 말 가운데 제일 얌전해 보이는 비칠비칠한 말 한 마리를 빌렸다. 그 말은 언뜻 보기에 돈키호테가 탔던 늙은 말을 연상시켰다. 얼굴은 한심스럽다는 말 이외에는 형용할 길이 없는 말이었다.

어쨌든 한 시간분의 요금을 내고 말에 올라탔다. 씩씩하게 달렸다고 말하고 싶건만 아시다시피 상대는 비칠비칠한 말이니 통통, 어슬렁어슬렁 걸을 뿐 질주하는 일은 없었다. 말 위에서 나는 뭐라 말할 수 없는 속절없이 서글픈 기분이 들었다. "조금 더 빨리 걸을 순 없는 거냐?"라고 말해도 상대는 목을 늘어뜨린 채 변함없이 통통, 어슬렁어슬렁 걸었다. 그러다 갑자기 멈추더니 길섶에 난 풀을 먹기 시작했다. 노랗고 커다란 이빨을 드러내며 꾸물꾸물 씹어대는 그에게 "예끼 이놈아!" 하고 소리쳤지만 미동조차 하지 않았다. 배를 걷어차도 모르는 체했다. 나를 깔보고 있었다. "이제 그만하지." 말고삐를 잡아당겨도, 고함을 쳐도 상대는 우물우물 입만 움직이며 이따금 꼬리로 날아오는 등에를 쫓아버리기만 했다.

공교롭게도 저쪽 길에서 과년한 아가씨 서너 명이 노래를 부르며 내려오고 있었다. 나는 '야단났구나!' 싶었다. 풀을 먹으며 꼼짝 않는 말 위에 얼빠진 얼굴을 하고 올라탄 모습이라니, 꼴사나울 게 뻔했다. 아니나 다를까 아가씨들은 나를 보자마자 노래를 멈추고 이상하다는 듯 바라봤다. 그때였다. 말이 돌연 오줌을 누기 시작했다. 그것도 긴, 긴 오줌을. 오줌 누는 말에 올라탄 남자. 이보다 더 시시한 인간은 없다. 길옆으로 비켜선 아가씨들이 킥킥 웃어댔다. 땀을 흘리며 내가 "워, 워!" 하고 말해도 상대는 졸린 눈으로 여전히 오줌을 눴다. 그렇게 볼일을 다 보더니 이번에는 느닷없이 뒤돌아서는 게 아닌가. 깜짝 놀라서 말고삐를 왼쪽으로 당겼다 오른쪽으로 당겼다 했지만, 말은 그대로 아까 온 길을 종종거리며 달려갔다. 우왕좌왕하는 사이, 녀석은 좀 전까지 자신이 묶여 있던 풀다라에 나를 태운 채 다다랐다. "어럽쇼, 한 시간 타는 거 아니었어요?" 십 분인지 십오 분도 안 돼서 원래 지점으로 돌아온 나를 보고 대여점 아저씨가 말했다. "이제 그만!" 나는 벌레 씹은 얼굴로 말에서 내렸다. 물론 한 시간분의 요금은 돌려받지 못했다.

한 마리의 송사리

아가와 사와코* 씨는 친구이자 작가인 아가와 히로유키** 의 딸이라서 어렸을 때부터 알았다. 어느 날, 그녀는 내게 열네 마리가량의 송사리를 수조와 정수기와 함께 건네줬다. 새로운 작업실에서 개도 고양이도 기를 수 없다고 그녀에게 한탄했기 때문이다. 도쿄 교외

---

* 아가와 사와코阿川佐和子(1953~) 일본의 소설가이자 수필가. 쉽고 경쾌한 문장, 웃음과 공감을 주는 글을 써서 여성 독자들에게 인기가 높으며 대표작으로 2012년 일본의 베스트셀러 1위를 기록한 『듣는 힘』, 일상 에세이 『혼자가 어때서』 등이 있다.

** 아가와 히로유키阿川弘之(1920~2015) 일본의 소설가이자 평론가. '제3의 신인'으로 엔도 슈사쿠와 친분을 쌓았으며 1999년 일본 문화훈장을 받았다.

의 숲과 언덕이 있는 곳에서 살던 무렵에는 잡종견을 세 마리나 길렀고 마당에 못을 파서 잉어를 헤엄치게 했다. 무위한 일요일 오후, 아무 생각 없이 툇마루에 양손으로 무릎을 껴안고 앉아 등에 햇볕을 쬐며 못을 헤엄치는 잉어의 움직임을 보는 게 즐거움이었다. 마당의 코스모스 사이로 개가 꼬리를 흔들며 머리를 내밀고 노는 모습을 멀거니 보는 일도 싫지 않았다. 그런 풍경을 당연한 일상처럼 여긴 것도 한순간, 토지회사의 불도저가 언덕을 부수고 숲을 벌거숭이로 만들었다. 어느새 주변 경치는 완전히 도시와 닮아갔다.

하는 수 없이 다시 도쿄로 돌아왔다. 한 번 도심에 나오면 귀갓길만 한 시간 반이나 걸렸던 교외 생활과 달리 연극이나 전시회를 보러 나왔다가 삼십 분 이내로 집에 갈 수 있음에 나는 새삼 기뻐하며 도시 생활을 즐겼다. 하지만 마음속에 뭔가 결여돼 있음을 느꼈다. 지금 우리 집에는 예전처럼 개를 뛰어다니도록 할 만한 대지도 없고 잉어가 헤엄치는 모습을 멍하니 바라볼 못도 만들지 못한다. 세 마리나 있던 개들은 모두 삼사 년쯤 더 살다 죽었지만, 내 가정 사정은 그들의 후계자를 기르는 일을 허락하지 않았다. "그게 쓸쓸해서 말이야." 나는 사와코 씨한테 한탄했다. "하다못해 물벼룩이라도 기를까?"라고 말한 건 그즈음 우리 둘이 함께 무대장치가 세노 갓파 씨와 대담을 하다가 그에게 물벼룩 이야기를 듣고 몹시 흥미가 생겨서였다. "저는 송사리를 기르고 있어요." 사와코 씨가 말했다.

"괜찮으시다면 조금 나눠줄까요?"

"진짜?"

나는 눈을 반짝였다. 일요일에 사와코 씨는 약속한 대로 송사리와 수조와 정수기를 들고 찾아왔다. 그녀는 능숙한 손놀림으로 수조 안에 정수기를 넣고 수초를 작은 돌로 눌러 심었다. 그러고는 수조에 물을 가득 받은 뒤 송사리 열네 마리를 풀어놓았다. 일순 놀랐는지 가만히 있던 송사리 떼가 곧장 물속을 춤추듯 마구 헤엄치기 시작했다. 작은 은색의 움직임이 참으로 아름다웠다. "수온을 바꿔서는 안 돼요. 먹이도 조금씩 주시고요." 기르는 법에 여러 가지 주의를 주고 그녀는 돌아갔다. 날마다 저녁녘에 일이 끝나면 술을 한 잔 마시는 게 습관인 나는 잔술을 홀짝거리며 송사리 떼를 바라보곤 했다. 바라본다기보다는 보면서 다른 일을 생각했다. 그래, 예전에도 그랬다. 봄이 여름으로 바뀌고 가을이 왔다. 가을에 접어들자 송사리가 매일 한 마리씩 죽어갔다. 물이 차가워진 탓일까. 아니면 그들의 수명일까. 지금은 이제 한 마리뿐이다. 비가 많이 내린 올해 가을은 겨우 맑게 갠 하늘을 보여주는가 싶더니 머지않아 만추에 들어섰다. 저물녘 짧은 해는 방을 금세 어둡게 한다. 나는 책상에서 벗어나 수조를 놓아둔 응접실로 간다. 그리고 컵에 술을 조금 따라 핥듯이 맛보며 한 마리만 남은 송사리에게 눈길을 준다. 내 눈에는 그와 내가 겹쳐 보인다. 한 마리뿐인 송사리. 이 약간의 술로 기력이 솟으면 나는 다시 책상으로 돌아가 혼자만의 일에 매달려야 한다.

바이러스는 인류의 자기조절자

수년 전, 규슈의 큰길에 있는 호텔 술집에 앉아 있을 때였다. 스탠드 옆자리에서 기분 좋게 미즈와리를 마시던 두 명의 젊은 여성 가운데 한 명이 내 사진을 어딘가에서 봤는지 말을 걸어왔다. 이쪽도 혼자서 따분해하던 참이라서 그녀들에게 직업을 물어봤다. 대학 병원에서 기생충 연구를 한다면서 그녀들은 갖가지 재미있는 이야기를 들려줬다. 내가 깜짝 놀란 것은, 우리 체내에 기생하는 회충에는 수컷과 암컷이 확실히 구별되는 종이 있다는 말이었다. 회충 제군에게는 미안한데, 나는 회충을 하등한 생명체라고 생각해왔다. 그런 존재에 수컷과 암컷 같은 성별이 있을 리 없다고 믿었기에 그녀의 말을 듣고 잠시 얼떨떨했다. 심지어 그 수컷과 암컷이 우리 몸속에서 우리의 동의도 얻지 않고 제멋대로 교미를 한다니.

"참으로 뻔뻔스럽군."

"정말 그렇네요."

그녀들은 웃으며 대답했다. 최근 만난 바이러스 학자에게서는 바이러스도 수컷과 암컷, 아니 양성(+)과 음성(-)을 띠는 종류가 있어 그 둘이 결합하면 '음성'이 된다는 가르침을 받았다. 놀라울 따름이다. 학창 시절에 이과 쪽은 딱 질색이라서 가까이하지 않던 나지만, 이런 불가사의(전문가에게는 불가사의도 뭣도 아니겠지만)한 얘기를 들으면 갑자기 흥미가 생긴다. 또 바이러스를 생명체라고 생각했던 나는 그 학자로부터 바이러스는 생명체라고 할 수 없다, 왜냐하면 어떤 세포가 있어 그 세포에 들어가서야 처음으로 활동할 뿐 그 자체로는 사멸하기 때문이라고 배웠다. 가령 간염 바이러스는 인간의 간세포에 들어와야만 살아갈 수 있으며 그이외에는 활동하지 않는다. 바이러스 학자가 들려준 이야기는 꽤 재미있었다. 예를 들면 이 지구에서 천연두가 사라진 그해, 바이러스 환자가 나왔다. 요컨대 인류에게 타격을 주는 하나의 바이러스 질병이 지구에서 소멸하기가 무섭게 이제껏 발견되지 않은 인류에게 해로운 질병이 새로 출현한 셈이다. "이유는 전혀 모릅니다. 하느님이 하신 일일까요?" 그 학자는 웃으며 말했다. "하느님은 하느님이라도 그리스도교 신자가 생각하는 하느님은 아니고, 정의와 사마 양쪽을 겸비하신 인도의 시바 신 같은 존재겠죠." 나도 웃으며 말했다. "하지만 어쩌면 지구의 자기방어 작용일지도 몰라요."

읽으신 분도 많겠지만 요 몇 년 지구를 생명 유기체, 다시 말해 무기물이 아니라 생명이 있는 유기체라고 주장하는 학자가 등장했는데 그가 쓴 책이 제법 읽히는 모양이다. 그 학자에 따르면 지구는 자기조절 능력이 있다. 이를테면 공중의 산소 비율도 바다의 염분 비율도 결코 줄어들거나 늘어나지 않는다. 그로 인해 산불은 발생하지 않으며 어류는 생명을 유지한다. 이러한 조절 작용은 인간의 육체가 자신의 체온을 평열로 유지하는 것과 같고 무기물이라면 그런 능력이 있을 수 없다고 주장한다. 그러므로 에이즈나 천연두는 지구가 인류의 수를 어느 일정 한계 내로 묶어두려는

조절작용이며, 만약 에이즈 치료가 가능해지면 다른 미지의 바이러스가 출현해 인간을 '죽음에 이르게 할' 지도 모른다. 내 공상적인 생각에 그는 웃고는 말했다. "그럴 수도요." 곧이어 "지금의 우리로선 아무것도 알 수 없지만요"라며 과학자답게 고개를 가로저었다.

벌레의 웃음소리

나의 인간 관찰에 따르면 마음 약한 녀석에게는 반드시 한 마리의 벌레가 따라다니는 것 같다. 이 정체를 알 수 없는 벌레 놈은 당신이 마음 약한 탓에 뭔가 실수하면 귀 뒤에서 '케케케' 하고 기묘한 웃음소리를 낸다. 예를 들면 여러분은 이런 경험을 한 적이 없습니까? 플랫폼에서 전차를 기다리는데 맞은편 플랫폼에 부장이 서 있다. 소심한 당신은 이럴 때 곧장 인사를 하지 못한다. 부장이 눈치채지 못했음에도 머리를 숙여야 할지 아니면 가만히 있어야 할지 당신은 마음속에서 햄릿처럼 망설인다. 그러다 큰맘 먹고 머리를 숙이지만 부장은 모르는 얼굴이다. 뭐야, 인사 따위 하지 말걸 하고 혀를 날름 내민 순간 맞은편과 이쪽 시선이 마주친다. 부하가 자신에게 혀를 내밀었다고 착각한 부장은 불끈하고, 당신은 돌이킬 수 없는 일이 벌어졌다고 생각한다. 그럴 때입니다, 귀 뒤에서 그 벌레가 '케케케' 하고 웃는 것은⋯⋯.

VIII 식물도 마음이 있다

시들었을 줄기에서

크리스마스나 정월이 가까워지면 지인들로부터 화분을 종종 받는다. 자택에 작으나마 분재를 늘어놓은 선룸 비슷한 방이 있다. 그곳에 아사쿠사 근처 길거리 정원사들한테서 사들인 분재며 선물 받은 화분이 나란히 놓여 있다. "뭐 갖고 싶어?" 생일 때 누군가 물으면 정해진 대답은 "싸구려 분재나 화분." 나는 연말이면 송죽매 화분을 사서 즐긴다. 특히 홍매의 팬이다. 연말에 홍매 화분을 자택에서 작업실로 옮겨와서는 난방 때문에 빨리 꽃이 피지 않도록, 때맞춰 정월에 칠 할 정도 피도록 안에 들였다 밖에 내놨다 한다. 작업실은 자택에서 상당히 떨어진 곳에 있지만, 창문이 큰 탓에 햇빛이 풍족해 화분이 잘 자란다. 딱히 보살피지 않았는데도 선물 받은 양란이 몇 차례 봉오리를 맺더니 이윽고 새하얀 꽃을 피우면 내 낮은 코도 높아져 놀러 오는 사람들에게 자랑을 늘어놓는다.

나팔꽃 화분 하나에서 일 년 내내 잇따라 꽃을 피운 적도 있다. 그런 경험은 태어나서 처음이었다. 방 안 온도가 가을에도 겨울에도 변하지 않아서일까. 아니면 햇빛을 아낌없이 받은 덕분일까. 근처 아무 꽃 가게에서 산 나팔꽃이 여름을 지나서도 몇 번이나 꽃을 피웠다. 가을이 다가오는데도 봉오리를 맺었다. 이제 끝인가 싶으면 또 새로이 꽃을 피워대니 이쪽도 점점 흥미가 생겨 힘껏 돌봤다. 그래서인지 가을이 와서 밖은 차가운 바람이 불고 눈이 내리건만 나팔꽃은 전혀 시들지 않았다. 시들기는커녕 여름만큼 많지는 않아도 꽃을 피웠다. 밖이 눈으로 새하얀 날, 꽃을 피운 나팔꽃 화분을 손에 들고 기념사진을 찍으러 나갔다.

"이제서야 나팔꽃이 폈나요?"

"네, 그렇답니다."

이런 질의응답을 기대했는데 도쿄 사람은 쌀쌀맞

다. 흘끗 보고는 그냥 지나친다. 도쿄 사람은 호기심이 결여돼 있는 게 아닐까. 시골이라면 반드시 뭔가 반응을 보일 텐데 말이다. 크리스마스께 Y 씨라는 극작가 친구로부터 포인세티아를 선물 받았다. 잎이 새빨개서 자못 「징글벨」이란 곡과 어울리는 식물이었다. 겨우내 눈을 즐겁게 해주다가 어느새 잎이 떨어지고 메마른 줄기만 남았다. 나는 작디작은 작업실 베란다에 시든 포인세티아 화분을 옮겨두고, 아니 그대로 내팽개쳤다. 일절 보살피지 않은 건 죽었다고 생각했기 때문. 4월 말이었던가, 5월 초였던가. 어느 날 무심코 베란다를 열어보니 시들어 죽었다고 여겼던 포인세티아 줄기에서 푸른 싹이 솟아나고 있었다. "이봐, 나는 살아 있어." 싹이 주먹을 쑥 내밀고 자기주장을 하는 듯했다. 기뻤다. 싹 하나하나에서 생명의 힘이 느껴져 무척 즐겁고 기뻤다.

나무들과 이야기할 수 있다

예전에 삼 년쯤 입원해 큰 수술을 세 번 받은 적이 있다. 세 번째 수술은 조금 위험했기에 나도 다소 각오가 필요했다. 그때 병실 창문에서 커다란 느티나무가 보였다. 내 약한 몸을 생각하니 수령 백 년 남짓 되는 그 나무가 부러워 견딜 수가 없었다. 수술하기까지 두 달 동안 매일 느티나무에게 말을 걸었다. "긴 생명의 힘을 수술할 때 좀 나눠주지 않을래?" 그렇게 부탁한 일이 기억난다. 수술은 성공했다. 이후 마음속 어딘가에 인간과 식물 간에는 뭔가 눈에 보이지 않는 대등한 교류가 있는 게 아닐까 하는 생각이 자리 잡았다. 하지만 그런 생각을 남들에게 말하면 웃음을 살 테니까 잠자코 있었다.

요사이 한 책을 읽었다. 피터 톰킨스와 크리스토퍼 버드가 공저한 『식물의 정신세계』. 책에는 깜짝 놀랄 만한 이야기가 가득했다. 미국의 거짓말 탐지기 검사관인 백스터라는 남자가 우발적으로 거짓말 탐지기 전극을 용혈수(드라세나)라는 식물과 연결해봤다. 놀랍게도 용혈수는 백스터의 마음을 읽는 것 같았다. 호기심에 사로잡힌 백스터는 더 확실히 하기 위해 용혈수의 잎사귀 한 장을 태워야겠다고 생각하며 불길 치솟는 광경을 상상했다. 그 순간 용혈수에 연결된 거짓말 탐지기 바늘이 세차게 움직였다. 인간처럼 용혈수도 무서움을 느낀 게다. 백스터는 밖으로 뛰쳐나가 세계를 향해 외치며 돌아다녔다. "식물도 인간처럼 생각할 수 있다." 백스터의 보고서를 읽고 같은 실험을 해보는 사람들이 잇따라 나타났다. 보겔이란 사람은 실험을 통해 식물이 인간한테 잎사귀를 뜯길 때 어떤 불안을 느끼는지, 또 인간의 매정한 마음에 어떤 반응을 보이는지 입증했다. 그의 여자 친구인 윌리는 범의귀 이파리 두 장을 따다가 하나는 머리맡 테이블 위에 두고 매일 아침 계속 살아 있으라고 빌었다. 반면 다른 하나는 관심을 전혀 두지 않았다. 그 결과 다른 이파리는 금세 시들었지만 머리맡 테이블 위 이파리는 생생했다.

이렇게 놀랄 만한 식물의 능력이 책에 자세히 나온다. 근데 읽으면서 폭소한 부분도 있다. 방금 쓴 보겔은 자신의 실험에 의문을 품는 학자와 의사를 초대한 뒤 식물에게 말을 해보라고 억지로 부탁했다. 이상하게도 그날 식물은 인간의 말에 반응하지 않았다. 모두 보겔의 실험이 사기라고 여길 즈음 한 사람이 말을 꺼냈다. "시험 삼아 섹스 이야기를 해볼까!" 그들이 섹스 이야기를 하자 식물에 연결된 기록계가 맹렬히 움직였다. 이 책을 읽고 나서 글 쓰는 일이 싫증 나면 나는 창가에 놓인 화분 옆으로 가서 여러 말을 건네며 논다. 책 내용이 틀림없는지 어떤지, 나로선 알 수 없다. 다만 정말로 세상의 식물과 인간의 마음이 통한다면 이 세계는 참 훈훈하고 멋진 세계로 바뀌리라. "아름다운 꽃을 피우렴." 꽃이며 나무에게 말을 거는 일이 디즈니 영화에서나 나오는 공상만은 아니었다.

생명의 온기

초록빛을 어떻게 해서라도 보고 싶은 마음에 집 옥상에 아담한 정원을 꾸몄다. 옥상 가장자리를 따라 딸기나무와 꽃나무를 심고 산책할 때 사들인 분재를 늘어놓고 하얀 테이블과 의자를 두었다. 봄철 저물녘, 작업실에서 돌아온 나는 작은 정원의 테이블에 기대앉아 술을 마시며 막 피기 시작한 꽃이며 부예진 유리구슬 같은 석양을 멍하니 바라본다. 매일 아침, 작은 옥상 정원 식물들에게 물을 주는 것이 일과 가운데 하나다. "그대여, 아름다운 꽃을 피워주게나." 이 말을 건네며 물을 주면 어쩐지 잘 자란다. 꽃 좋아하는 한 노부인에게 들은 말이다. 처음에는 그런 일이 있을쏘냐 하는 기분이 마음 어딘가에서 작동했다. 하지만 시험해보니 진짜인 듯하다. 식물은 인간의 언어를 이해하는 걸까.

한 신문에 이 일을 썼더니 몇 명의 독자로부터 편지를 받았다. "저도 화분에 물을 줄 때 이야기를 합니다. 그러면 아무런 말 없이 줄 때보다 아름다운 꽃을 피웁니다." 나와 같은 체험을 한 사람들이 꽤 있었다. 비슷한 시기에 도호쿠의 한 도시에 있는 음향연구소 사람과 대담을 한 적이 있다. 마을 비행장 활주로 근처에 심어진 벚나무의 열매가 다른 곳의 열매보다 단 데에 주목, 비행기의 착륙 소음이 그 요인이지 않을까 가정하고 이른바 음악 재배 실험을 진행하는 사람이었다. 온실에 죽 늘어놓은 화분에게 모차르트를 들려주며 성장이나 개화, 열매 맺기에 어떠한 효과가 있는지 조사하는 중인데, 아무래도 식물이 좋아하는 곡과 싫어하는 곡이 존재하는 모양이다.

여러분 가운데 이 이야기를 터무니없다고 생각하는 사람도 있을 테지만, 나는 믿고 싶다. 나무는 말할 것도 없이 작은 꽃을 피우는 풀마저 인간의 감정을 알수 있다고. 상냥한 말을 물뿌리개에 담긴 물과 함께 받은 꽃은 한층 아름다운 꽃을 피운다. 물을 주는 인간의 애정을 민감하게 느껴서다. "불을 피워 태울 거야!" 위협당한 선인장은 공포를 느낀 나머지 떤다. 죽음을 감지해서다. 식물은 우리의 '언어'를 이해하는 게 아니다. 그 언어 뒤에서 울려 퍼지는 인간의 감정 중 사랑과 죽음 이 두 가지 파동에 매우 예민하고 날카롭게 반응할 뿐이다. 이것이 내 생각이다. 모든 생물을 에워싼 생명의 세계에는 사랑과 죽음이란 공통 리듬이 있고, 이 공통 리듬에는 식물도 동물도 본능적으로 반응하는 게 아닐까.

식물의 신비한 힘

야마가타현 덴도시에 있는 파이오니아* 지사에서 식물한테 음악을 들려주자 꽃도 열매도 한층 풍성해졌다는 소문을 들었다. 호기심 강한 나는 즉시 그 지사의 담당 과장을 만나 이야기를 나눴다. 담당 과장의 얘기는 여러 가지로 재미있었다. 그중 하나가 야마가타시 비행장 활주로 양쪽에 심어진 벚나무가 다른 곳의 벚나무보다 열매맺이가 좋다는 것이었다. 활주로를 연장하는 김에 신활주로 양옆으로 벚나무를 새로 심어 실

---

*일본 가와사키시에 본사를 둔 음향기기 제조 회사.

험해봤더니 역시 꽃을 잘 피우고 열매를 잘 맺음이 판명됐단다. 요컨대 비행장의 자잘한 진동이 나무 발육에 좋은 영향을 주었다. '식물에게 희미한 진동을 가하면 생장이나 발육에 효과가 있는 게 아닐까.' 이 생각으로부터 담당 부서의 연구가 시작됐다고 설명하던 담당 과장이 문득 흥미로운 말을 꺼냈다. "화분의 꽃이나 나무를 매일매일 손으로 흔들어주면 좋아요." 집에서 기르는 화분에게 자주 "예쁜 꽃을 피워줘" 또는 "정말로 기대하고 있어" 같은 말을 건네면 실제로 그 화분에는 아름다운 꽃이 핀다(인간의 말을 알아듣는 걸까)는 얘기를 나도 들은 적 있다. 또 독자한테서도 그런 편지를 받은 적 있다.

진동을 가하다든지 이야기를 들려준다든지, 이런 행위에 식물이 반응하는 것은 식물도 타자의 움직임을 수용하는 능력이 있음을 드러낸다. 담당 과장의 말에 따르면 그 점에 착안하여 식물에게 음악을 들려주자는 아이디어가 나왔다. 음악이라면 뭐든지 좋겠지 싶었는데 아니었다. 수경 재배 용기에 씨앗을 담은 스펀지를 넣고 모차르트든 연구원이 좋아하는 대중가요든 마음대로 틀긴 하지만, 아무래도 식물이 좋아하는 음악은 인도 노래처럼 저주파 음악인 것 같단다. 인도에서 산 인도 음악 테이프를 온종일 듣긴 해도, 나는 그 께느른한 대지의 파동과 닮은 선율에 정기가 활발해지기는커녕 아주 어둡게 가라앉는 기분이 될 때가 많다. 인도 음악에는 한결같이 되풀이되는, 힌두교나 불교에서 말하는 영원히 지속되는 윤회전생의 감각이 스며들어 있는 게 아닐까 생각했을 정도. 그런 음침한 음악을 식물이 좋아한다니 흥미롭지 않은가. 어쩌면 인도 음악은 식물과 닮은, 대지의 파동과 닮은 생명 리듬을 어딘가에 품고 있는지도 모른다.

담당 과장이 음악을 들으며 자란 토마토를 주기에 먹어봤다. 정말로 맛있었다. "오, 음악 토마토!"라고 외쳤을 만큼. 그는 이 재배법을 쓰면 일단 수경 재배이기에 기존처럼 흙투성이가 돼서 일할 필요가 없다, 게다가 즐거운 음악만 틀어놓으면 그다음은 눈을 떼도 손을 떼도 괜찮다, 따라서 농가의 며느리는 되고 싶어 하지 않던 아가씨들도 이런 깨끗하고 신나는 일이라면 시집가도 좋다고 생각할 테고, 그러면 과소 지대인 농촌은 며느리 찾기에 더는 고생하지 않아도 되리라고 (물론 농담이지만) 웃으며 말했다. 어찌 됐든 식물에게

는 우리가 아직도 모르는 신비한 힘이 무수히 많은 듯
하다. 그런 식물을 무참히 베어 넘길 때 그들이 고통의
신음을 내지르거나 죽음의 원한을 상대에게 남기지
않는다고 어찌 말할 수 있을까.

내세에는 사슴이 되렵니다

인도에 갔다 왔다. 네 번째였다. 인도에 갈 때마다 나는 이 나라에 더한층 매료된다. 인도에 가면 "두 번 다시 오고 싶지 않아"라고 말하는 사람과 이 나라의 매력에 사로잡히는 사람, 두 부류로 나뉜다고들 하는데, 아무래도 난 후자인 것 같다. 어디가 인도의 매력인지 묻는다면 대답하기 곤란하지만, 가령 이런 광경을 생각해주면 좋겠다. 베나레스*라는 갠지스 강변의 성

---

*바라나시의 옛 이름. 힌두교의 대성지로 연간 백만 명 이상의 순례자가 찾아오는 곳이다.

지가 있다. 미시마 유키오* 씨의 마지막 작품에도 나오는 장소로, 그의 이미지를 빌려 "사람이 죽기 위해 오는 마을"이라고 말해도 지장이 없으리라. 그곳에 발을 들여놓는 사람은 오예汚穢와 소음, 성스러운 것과 불가사의한 것이 한데 녹아 섞여 있는 모습을 보고 심한 충격을 받는다. 예를 들면 힌두교도는 죽은 자를 만물의 어머니인 갠지스 강가로 옮겨서 장작을 쌓고 사체를 하얀 천으로 감싼 뒤 불태운다. 타다 남은 살은 새가 쪼아 먹고 들개가 씹어 삼킨다. 재는 회장灰葬 담당자가 갠지스강에 뿌린다. 그리고 옆에서 힌두교도의 남녀가 아무렇지 않게 목욕을 하고 이를 닦고 합장을 한다. 그런 풍경은 여러분도 사진 따위에서 흔히 봤을 터.

내가 놀란 것은 그게 아니다. 죽은 자를 태우는 곳 바로 곁에서 갓 결혼한 신랑과 신부가 승려의 축복을 받는 장면이었다. 요컨대 이제부터 새로운 인생을 살아갈 자와 인생을 끝마친 자가 나란히 서서 저마다의 의식을 치르는 광경. 이런 일을 일본에서 생각할 수 있을

---

*미시마 유키오三島由紀夫(1925~1970) 일본의 소설가. 고유한 미의식과 시적 문체를 바탕으로 자신만의 작품 세계를 구축한 탐미 문학의 대가. 베나레스가 나오는 작품은 『풍요의 바다豊饒の海』(전 4권)의 제3권 『새벽의 절曉の寺』이다.

까. 일본의 피로연에서 죽음을 이야기한다면 불길하다고 거부당하리라. 하지만 이 나라에서는 삶과 죽음이 대립하지 않고 서로 섞여 어우러진다. 적어도 서로 이웃해 있음을, 나는 갠지스강을 찾은 날에 절실히 깨달았다. 오랜 시간 자신의 마음속에서 바라던 것을 여기에서 '찾아냈다'는 기쁨에 가슴이 벅차올랐다. 대립하는 것, 아름다움과 추함, 오예와 성스러움이 등을 맞댄 모습이 가는 곳마다 일상생활 속에서 발견된다. 인도의 깊은, 너무나 깊은 매력은 거기에 있다. 그 매력에 사로잡힌 젊은 일본 여성을 여기저기에서 만났다. "학생입니다", "직장인입니다"라며 서너 명이 떼를 지어 인도의 이곳저곳을 여행하는 아가씨들. 그녀들은 젊은이끼리의 연락망을 통해 미리 싸면서도 친절한 호텔을 조사하고 어디가 맛있는 음식점인지까지 확실히 알아낸다.

베나레스에서 나는 세계 제일이라고 자칭하는 점술가를 찾아갔다. 호기심이었다. 그는 베나레스에서는 상당히 유복한 집에 살았고 응접실에 책이 죽 진열돼 있었다. 내 나이를 듣더니 전세에 비둘기였다고 말했다.

"비둘기요?"

"그렇습니다. 비둘기입니다. 당신은 꼬리에 화살을 맞고 죽었답니다."

나는 웃음이 새는 것을 꾹 참았다. 예전에 요통으로 고생한 적이 있는데 그 화살 탓이었나. "내세에는 무엇이 될까요?" 그는 뚫어져라 내 얼굴을 바라보다가 엄숙하게 대답했다. "사슴." 여러분, 언젠가 내가 죽은 뒤 이 이야기를 기억하시는 분이 있어 나라공원에서 한 마리의 사슴을 만난다면, 그 사슴이 울먹이는 눈으로 지그시 쳐다본다면 제 환생이라 여기고 사슴 전병을 더 많이 던져주시길.

엔도 슈사쿠

슈사쿠 문학의 원점, 동물

엔도 슈사쿠의 소설이나 에세이에는 주인공 또는 그의 단짝으로 '동물'이 자주 등장한다. 개, 고양이, 원숭이, 구관조부터 송사리, 물벼룩까지. 나는 예전부터 생각했다. 그 작품들을 다 모으면 『파브르 곤충기』가 아닌 『엔도 슈사쿠의 동물기』가 완성되지 않을까? 물론 생물학적인 '동물기'는 아니고 어디까지나 문학적인 '동물기'다. 이 책의 첫머리 장인 '개는 인생의 짝꿍'에도 나오지만, 엔도 슈사쿠의 동물 체험은 어린 시절에 기른 개 '검둥이'로 시작된다. 부모에게도 친구에게도 말하지 못하는 고민을, 그는 검둥이한테만 털어놓는다.

"집에 돌아가고 싶지 않아." 그러면 검둥이는 잠자코 눈물 어린 눈으로 바라본다. "어쩔 수 없잖아요? 이 세상은 참지 않으면 안 되니까요." 이 광경은 아마 슈사쿠 문학의 중요한 원점 가운데 하나이리라.

중국 다롄에서 보낸 이 시기, 슈사쿠는 부모의 불화 때문에 괴로워한다. 매일 밤이다시피 어머니를 향해 고함치는 아버지의 목소리가 잠자리에 든 소년 슈사쿠의 귀에도 전해져 하는 수 없이 손가락으로 귓구멍을 틀어막고 견딘다. 이윽고 부모는 이혼하고 소년은 어머니 손에 이끌려 일본으로 돌아온다. 그런 고통스러운 소년기, 유일한 말벗이 개 검둥이였다. 소년의 '말벗'으로서의 개. 이 구도는 다른 동물의 경우에도 변하지 않는다. 이 책에 수록된 원숭이 이야기도, 또 구관조 이야기도 마찬가지다. 동물은 언제나 그의 말벗이자 이해자이자 인생의 슬픔을 공유하는 친구였다. 그리고 이때 슈사쿠는 그 동물의 눈 너머로 "인생을 슬픈 눈초리로 바라보는 하나의 존재를 의식"한다. 그 존재에 "어떠한 이름을 붙일지는 여러분의 자유"라고 쓰고 있지만, 이 하나의 존재야말로 슈사쿠 문학의 핵심임이 분명하다. 그 핵심을 그는 개의 눈 혹은 구관조의 울음소리를 빌려 표현했다. 지금 생각나는 건, 그가 생전에 자신의 소설을 읽은 분들에 대해 드물게 투덜거리던 말이다.

"정말이지, 개 이야기를 쓰면 개만 떠올리고 새 이야기를 쓰면 새만 떠올리니."

엔도 슈사쿠가 개나 새에 담은 이미지, 요컨대 '하나의 존재' 그 정체를 이 책을 통해 독자 여러분이 새로이 깨달을 수 있기를 바란다.

가토 무네야(작가, 『미타문학』 편집장)

동물은 남편의 형제였다

남편 엔도 슈사쿠에게 있어 동물은 전부 형제 같
은 존재로, 그의 머릿속에는 가축이란 개념이 아예 없
었다고 생각합니다. 말을 하지 못하는 만큼 한층 더 사
랑스럽게 느꼈습니다. 마누라처럼 자신이 하는 말에 한
마디 한마디 밉살맞게 반론하거나 세심하지도 못한 주
제에 남의 일에 곧잘 참견하는 꺼림칙한 생물보단 훨
씬 마음 편한 동반자였지 싶습니다. 특히 개에게는 특
별한 감정이 있었습니다. 이 책에도 나옵니다만, 다롄
에서 기르던 '검둥이'에 대한 속죄의 마음은 그의 소설
의 원점 가운데 하나일 뿐만 아니라 일생에 걸쳐 개를

기를 때의 기본자세였습니다.

양친 사이에 생긴 골이 깊어졌을 무렵, 두 사람의 말다툼이 듣기 싫어 소학생이던 남편은 검둥이를 데리고 밤에 공원으로 피했다고 합니다. 그때 말을 건네는 자신의 괴로운 심정을 검둥이는 다 알아줬다고, 후에 남편은 썼습니다. 이윽고 양친이 이혼을 결정하면서 어린 슈사쿠는 고통스러운 선택의 기로에 서게 됩니다. 어머니를 따라 형과 함께 내지로 돌아가느냐, 검둥이와 같이 살기 위해 아버지가 있는 다롄에 남느냐. 둘 중 하나를 골라야 했지요. 그는 검둥이를 데리고 가겠다고 울며 매달렸지만, 내지로 돌아가서의 살길이 막막했던 어머니는 검둥이까지 데려갈 여유가 없었습니다. 그렇다고 검둥이가 있는 다롄에 남으면 새로운 여성을 어머니라고 불러야 했습니다. 그건 열 살짜리 소년에게는 견딜 수 없는 일이었겠죠.

소년은 자신이 떠나야 함을 검둥이에게 오늘은 말해야지, 오늘은 말해야지 하다가 끝내 말을 꺼내지 못한 채 이별의 날을 맞습니다. 뒷이야기는 남편의 문장으로 읽는 편이 독자 여러분에게 남편의 마음이 더 잘 전달되리라고 생각합니다. 다만 마차를 뒤쫓는 걸 포

기하고 멈춰 서서 '어떻게 이런 심한 짓을 할 수 있냐?'
는 듯 서글프게 자신을 바라보던 검둥이의 얼굴을 잊
을 수 없다고, 남편은 시집온 지 얼마 안 된 내게 괴로
워하며 말했습니다. "약함과 생활 형편 때문에 나를
가장 신뢰해준 검둥이를 배신했다." 이 슬픔은 평생 남
편을 따라다녔습니다. 이후 어떤 개를 길러도, 어떤 이
름을 붙여도 검둥이에게 못 해준 것을 대신 해주며 부
족하나마 속죄를 한다는 분위기가 짙었습니다.

　　다마가와가쿠엔으로 이사하고 나서 우유 가게에
서 얻은 흰둥이, 곤도 게이타로 씨한테 받은 혈통서 붙
은 시바견 수컷 꼬맹이 먹보를 비롯해 여러 종류의 개
를 길렀습니다. 남편과 함께 네스카페의 '차이를 아는
남자' 광고에 출연해 인격이 아닌 견격犬格의 훌륭함으
로 남편을 홀딱 사로잡은 흰둥이. 불임수술을 한 탓에
이제껏 귀찮을 정도로 달라붙던 수컷들이 거들떠보지
않자 쓸쓸해하던 그녀는 시바견 꼬맹이가 곤도 씨를
떠나 우리 집으로 온 뒤로 갑자기 모성애를 자각한 것
같았습니다. "진짜 엄마도 이렇게는 못할걸. 흰둥이 너
정말 상냥한 개구나." 남편은 자주 감동에 겨워 그녀를
격려하곤 했습니다. 그런 만큼 꼬맹이가 가루이자와에

서 일주일이나 돌아오지 않았을 때, 흰둥이의 모습은 참 보기 딱했습니다. "어이, 꼬맹이를 찾아와." 남편이 말할 적마다 흰둥이는 뭐라 말할 수 없는 표정을 지어 보였습니다. "뭔가 흰둥이를 슬프게 하는 일이 꼬맹이 와의 사이에서 일어난 게 틀림없어." 남편이 제일 먼저 알아챘습니다.

이레째에 귀가하신 꼬맹이는 초췌하기 그지없는 몰골이었습니다. 게다가 급소 부근에서 피가 철철 흐 르는데……. 남편에게 물으니 이러더군요. "꼬맹이 녀 석, 오이와케* 역참 마을 매춘부에게 들렀다가 그 지역 왕초랑 싸워서 다쳤나 봐." 개에게도 역참 매춘부가 있 는지 어떤지는 모르겠지만, 의사 말로는 성병도 옮아 왔답니다. 확실히 꼬맹이 쪽이 불리했습니다. 그토록 잘 보살펴준 흰둥이를 배신한 벌이라며 여성 팀은 백 안시한 반면 아들이 병에 걸렸을 때조차 병원에 같이 간 적 없는 남편만은 매일 꼬맹이를 안은 채 내가 모는 차를 타고 성병 치료를 받으러 다녔습니다. '이것도 결

---

*에도(도쿄)와 교토를 잇는 길인 나카센도中山道의 스무 번째 역참. 오늘날 나가 노현 가루이자와 부근에 해당한다.

국 검둥이에 대한 속죄인 건가?' 운전하면서 왠지 묘했던 기분이 떠오릅니다.

옛날부터 우리 집에선 남편이 한밤중에 느닷없이 집오리를 데려오거나 구관조를 기른 탓에 남편과 구관조 양쪽으로부터 "어이, 준코"라고 불리는 처지에 빠진 내가 역정을 내는 등 동물 전쟁이 늘 벌어졌습니다. 더욱이 작업실을 시부야 근처로 옮긴 뒤 남편이 도요코 백화점 옥상의 동물 판매점 주임과 의기투합한 나머지 솔개보다도 더 큰 코뿔새며 긴팔원숭이까지 들여놓는 통에 집은 점점 왁자지껄 북새통을 쳤습니다. 마침내 긴팔원숭이한테 학을 뗀 나는 마음대로 동물을 기르지 않겠다는 약속을 남편과 맺고야 말았습니다. 천성적으로 동물을 사랑하는 남편에게 있어 동물이 가까이 없는 노년 생활은 필시 쓸쓸했겠지요.

엔도 준코

1923년 3월 27일 도쿄 스가모에서 아버지 쓰네히사, 어
머니 이쿠코 사이에서 차남으로 태어남.

1926년 은행원이던 아버지의 전근으로 인해 만주 다롄
으로 이주.

1929년 다롄시 오히로바소학교 입학.

1932년 학업 성적은 별로 좋지 않았으나, 작문 실력은 뛰
어나서 처음 지은 시 「미꾸라지とじょう」가 다롄신
문에 실림. 이즈음부터 양친의 사이가 나빠지면
서 우울한 나날들이 이어짐.

1933년 부모의 이혼으로 인해 어머니, 형과 함께 일본으

로 돌아옴. 고베시 롯코소학교로 전학. 가톨릭 신
자인 이모의 영향으로 성당에 다니게 됨.

1935년 나다중학교 입학. 다카라즈카시 오바야시세이신
여자학원의 음악 교사가 된 어머니가 세례를 받
음. 뒤를 이어 형 쇼스케와 함께 니시노미야시 슈
쿠가와가톨릭교회에서 세례를 받음. 세례명은 바
오로. 한편 에도 시대의 통속소설로 두 나그네의
여행을 그린 『도카이도 도보여행東海道中膝栗毛』을
읽고 그들의 삶을 동경함.

1940년 나다중학교 졸업. 제3고등학교 입시에 도전하나
실패한 뒤 재수 생활 시작.

1941년 조치대학 예과(독일어) 입학.

1942년 조치대학 예과를 자퇴하고 히메지고등학교, 고난
고등학교에 응시하나 모두 떨어짐.

1943년 게이오대학 문학부 예과 입학. 의학부 진학을 원
했던 아버지와 의절하고 학교 기숙사에서 생활
함. 당시 사감이던 가톨릭 철학자 요시미쓰 요시
히코의 영향으로 자크 마리탱, 릴케의 작품을 탐
독하는 한편 문예평론가 가메이 가쓰이치로, 소
설가 호리 다쓰오 등과 교제함.

1945년 게이오대학 문학부 불문과 진학. 늑막염으로 인
해 입대가 연기됨. 조르주 베르나노스, 프랑수아
모리아크 등 프랑스 가톨릭 문학에 심취함.

1947년 첫 평론 「신들과 신과神々と神と」가 문예평론가 진
자이 기요시에게 인정받아 가도카와서점이 발행
하는 잡지 『사계』에 실림.

1948년 게이오대학 문학부 불문과 졸업. 『미타문학』의
동인으로 참여하며 시바타 렌자부로, 홋타 요시
에 등과 교류함.

1950년 일본 전후 첫 프랑스 유학생으로 프랑스 리옹대
학 대학원 입학.

1951년 프랑수아 모리아크의 소설 『테레즈 데케루Therese
Desqueyroux』의 무대인 랑드 지방을 도보 여행함.

1952년 6월~8월, 폐결핵에 걸려 콩블루의 국제학생요양
소에 입원. 퇴원 후 거처를 파리로 옮김. 12월, 폐
결핵이 재발해 다시 입원.

1953년 2월, 일본으로 귀국함. 7월, 첫 수필집 『프랑스의
대학생フランスの大学生』 출간. 12월, 어머니 사망.

1954년 4월, 도쿄 분카학원의 강사가 됨. 이즈음 야스오
카 쇼타로의 소개로 미우라 슈몬, 곤도 게이타로

등과 교류하며 본격적으로 작가로서 활동함. 11
월, 첫 소설 「아덴까지アデンまで」 발표.

1955년 7월, 「하얀 사람白い人」으로 제33회 아쿠타가와상
수상. 9월, 오카다 고사부로의 장녀인 준코와 결
혼해 도쿄 세타야에 신혼집을 마련함.

1956년 6월, 장남 류노스케 탄생. 조치대학 문학부 강사
로 활동.

1958년 미군 포로를 대상으로 생체 실험을 실행한 이른
바 '규슈대학 생체해부사건'을 배경으로 한 소설
『바다와 독약海と毒薬』으로 제5회 신초문학상과
제12회 마이니치출판문화상 수상.

1959년 11월, 소설가 마르키 드 사드 연구를 위해 부인과
함께 프랑스로 두 달간 여행을 떠남.

1960년 4월, 폐결핵이 재발돼 도쿄대학병원에 입원. 12
월, 게이오대학병원으로 전원.

1961년 1월에 두 번, 12월에 한 번 폐 수술을 받음. 꽤 위
독한 상태였으나 기적적으로 회복.

1962년 5월, 퇴원.

1963년 3월, 도쿄 교외 마치다시 다마가와가쿠엔으로 이
사. 새집을 '늙은 여우와 너구리가 사는 초막'이

란 뜻인 '고리안狐狸庵'으로 부르며 '고리안 산인'
또는 '고리안 선생'이란 아호를 쓰기 시작함.

1965년 소설 자료 취재차 미우라 슈몬과 함께 나가사키
와 히라도섬을 수차례 여행. 『유학留学』, 『고리안
한담狐狸庵閑話』 등 출간.

1966년 3월, 17세기 일본의 기독교 박해를 통해 '하느님
은 고통의 순간에 어디 계신가?'라는 문제를 그
린 『침묵沈黙』 출간. 10월, 『침묵』으로 제2회 다니
자키준이치로상 수상.

1967년 8월, 포르투갈 대사의 초청으로 알부페이라에서
열린 성 빈센트 삼백 주년 기념제에서 기념 강연.
『엔도 슈사쿠의 진심문답遠藤周作のまごころ問答』, 『늘
쩡늘쩡 생활입문ぐうたら生活入門』 등 출간.

1968년 4월, 아마추어 극단 '기자'를 만들고 세익스피어
의 「로미오와 줄리엣」 공연. 『미타문학』 편집장
으로 취임(~1969년).

1969년 1월, 취재차 이스라엘 여행. 4월, 미국 국무성 초
청으로 미국 방문.

1970년 로마 교황청으로부터 성 실베스테르 훈장 수여.

1971년 11월, 희곡 「메남강의 일본인メナム河の日本人」 집필 취

재를 위해 태국의 아유타야를 돌아본 뒤 베나레스, 이스탄불, 스톡홀름 등 여행.

1972년 3월, 교황 알현을 위해 미우라 슈몬, 소노 아야코 부부와 함께 로마 방문. 7월, 시부야에 집필실 마련. 『고리안 잡기장狐狸庵雜記帳』, 『늘쩡늘쩡 인간학ぐうたら人間学』 등 출간. 영국에서 『바다와 독약』, 스웨덴, 스페인 등지에서 『침묵』 번역 출판.

1973년 『늘쩡늘쩡 애정학ぐうたら愛情学』, 『예수의 생애イエスの生涯』 등 출간.

1975년 2월, 신초샤에서 『엔도 슈사쿠 문학전집遠藤周作文学全集』(전 11권) 출간.

1977년 1월, 아쿠타가와상 선고위원으로 취임(~1987년). 5월, 형 사망. 『슬픔의 노래悲しみの歌』, 『자선 작가의 여행自選作家の旅』 등 출간.

1978년 6월, 『예수의 생애』로 국제다그함마르셸드상 수상. 9월, 『그리스도의 탄생キリストの誕生』 출간. 이탈리아에서 『예수의 생애』 번역 출판.

1979년 2월, 『그리스도의 탄생』으로 제30회 요미우리문학상 수상. 3월, 사십육 년 만에 중국 다롄 방문.

1980년 5월, 극단 '기자' 뉴욕 공연. 『사무라이侍』로 제33

회 노마문예상 수상.『천사天使』,『얼간이 사내의 일기ウスバかげろう日記』등 출간.

1981년 『고리안이 숨김없이 털어놓는 이야기狐狸庵うちあけ話』,『명화·예수 순례名画·イエス巡礼』등 출간.

1983년 『늘쩡늘쩡 호기심학ぐうたら好奇学』,『악령의 오후悪霊の午後』등 출간.

1984년 『차를 마시면서お茶を飲みながら』,『쾌인 탐험快人探検』등 출간.

1985년 4월, 영국, 스웨덴 여행. 런던 호텔에서 우연히 그레이엄 그린을 만나 문학에 대해 이야기를 나눔. 6월, 일본펜클럽 회장 선임(~1989년).『아무것도 아닌 이야기何でもない話』,『숙적宿敵』(전 2권) 등 출간.

1987년 5월, 미국 조지타운대학에서 명예 박사 학위 받음. 10월, 한국문화원 초청으로 한국을 방문해 작가 윤흥길을 만남. 12월, 도쿄 메구로로 이사.『잠 못 이루는 밤에 읽는 책眠れぬ夜に読む本』,『잘 배우고 잘 놀기よく学び、よく遊び』등 출간.

1988년 『우선 웃자まず微笑』,『그 밤의 코냑その夜のコニャック』등 출간.

1989년 12월, 아버지 사망.『낙제생의 이력서落第坊主の履歴

書』,『반역反逆』(전 2권) 등 출간.

1990년 『변하는 것과 변하지 않는 것変るものと変らぬもの』,
『이방인의 입장에서異邦人の立場から』등 출간.

1991년 1월, 미타문학회 이사장 취임(~1995년). 5월, 미국
존캐롤대학에서 명예 박사 학위 받음. 이어 마틴
스콜세지 감독을 만나서『침묵』의 영화화를 논의
한 뒤 귀국.

1992년 『마음의 모래시계心の砂時計』,『왕의 만가王の挽歌』(전
2권) 등 출간.

1993년 5월, 복막투석 수술을 받은 후 입원과 퇴원을 반
복.『만화경万華鏡』,『깊은 강深い河』등 출간.

1994년 1월,『깊은 강』으로 제35회 마이니치예술상 수
상.『마음의 항해도心の航海図』,『엔도 슈사쿠와
Shusaku Endo遠藤周作とShusaku Endo』등 출간.

1995년 5월,『여자女』출간. 9월, 뇌출혈로 준텐도대학병
원에 입원. 11월, 문화훈장 수상. 12월, 퇴원.

1996년 4월, 신장병 치료를 하기 위해 게이오대학병원에
입원. 7월,『엔도 슈사쿠 역사소설집遠藤周作歴史小説
集』(전 7권) 출간. 9월 29일, 폐렴에 의한 호흡부전
으로 사망.

I 개는 인생의 짝꿍

오직 한 명의 말벗 _『낙제생의 이력서』(1989년 12월, 니혼게이
자이신문사)

검둥이와의 이별 _『만화경』(1996년 3월, 아사히문예문고)

개를 기르지 못하는 불행 _『마음의 모래시계』(1992년 2월,
분게이슌주)

개에게 배우다 _『마음의 항해도』(1994년 2월, 분게이슌주)

개는 인간을 사랑한다 _『잠 못 이루는 밤에 읽는 책』(1987
년 8월, 고분샤)

개는 주인의 병을 걱정해준다 _『잠 못 이루는 밤에 읽는

7월, 분게이순주)

나무들과 이야기할 수 있다 _『변하는 것과 변하지 않는 것』(1990년 7월, 분게이순주)

생명의 온기 _『만화경』(1996년 3월, 아사히문예문고)

식물의 신비한 힘 _『마음의 모래시계』(1992년 2월, 분게이순주)

내세에는 사슴이 되렵니다 _『마음의 모래시계』(1992년 2월, 분게이순주)

이 책은 2003년 2월 『내 최고의 벗 동물들』이란 제목으로 출간된 단행본을 문고화한 것입니다.

엔도 슈사쿠의 동물기

초판 1쇄 발행 2018년 5월 8일

지은이 엔도 슈사쿠
옮긴이 안은미
펴낸곳 정은문고
펴낸이 이정화
디자인 원선우

등록번호 제2009-00047호 2005년 12월 27일
주소 서울시 마포구 서교동 473-10 502호
전화 02-392-0224
팩스 02-3147-0221
이메일 jungeunbooks@naver.com
페이스북 facebook.com/jungeunbooks
블로그 blog.naver.com/jungeunbooks

ISBN 979-11-85153-21-6 03830